필사 문장력 특강

단계별로 나아가는 문장력 훈련

단계별로 나아가는 문장력 훈련

필사
문장력
특강

김민영
이진희
김제희
권정희

북바이북

필사, 문장력 키우는 최고의 운동

"책을 많이 읽으면 문장력이 좋아지나요?"

"책을 읽어도 어휘력이 느는 것 같지 않아요."

현장에서 자주 듣는 말입니다. 대부분은 독서량과 어휘력, 문장력이 비례한다 생각하는데요, 때로는 그 믿음이 맹목적이라는 생각도 듭니다. 몇 권의 책을 읽으면 얼마큼의 어휘력이 느는가, 문장력이 얼마나 좋아지는가라는 물음은 한 개인의 '언어 세계'를 마치 적금 이자율처럼 보는 시선과 다르지 않습니다.

물론 글을 잘 쓰고 싶어 하는 이들의 절박함에는 공감합니다. 누구나 자신의 문장력에 만족하지 못하며, 더 나은 문장을 쓰고 싶은 욕망을 느끼니까요. 특히 좋은 책을 읽다 보면 '어떻게 이런 표현을 썼을까!'라고 무릎을 치게 되지만 결국 자신이 쓰는 표현이 일상적이고, 상투적이라는 생각에 첫 문장을 쓸 의욕마저 상실합니다. 고민의 해답이 바로 '필사'라는 믿음으로 이 책을 기획했습니다. 필사 수업 참가자들의 문장력이 향상되는 과정을 목격하고, 저 역시 경험을 통해 필사가 최고의 문장력 향상 훈련이라는 확신이 생겼습니다. 정독 습관과 관찰력은 덤으로 온 선물이었습니다. 누군가의 글을 옮겨 적고 체화하려면 잘 읽고 관찰해야 합니다. 문장력 향상에 목말랐던 사람들이 책을 읽기 시작하고, 이제 문장이 보인다고 할 때마다 뿌듯했습니다.

필사 이전의 읽기와 이후의 읽기가 다르다는 사람도 많았습니다. 내용만 파악하고 넘어갔던 읽기에서 문맥이 보이는 읽기로 나아갔다는 겁니다. 그 중심에 바로 '필사'가 있습니다. 이 책에서 집중하는 필사는 '문장력 향상'만을 목표로 합니다. 어떤 문장을 고를까, 어떻게 읽고 옮겨 적을까, 내 문장으로 쓰려면 어떻게 해야 할까라는 문제를 고민하며 필사하는 과정입니다.

분야를 크게 문학, 비문학, 미디어 세 경우로 나누어 다양한 문장을 필사합니다. 잘 읽힌다고 검증받은 문장만 함께 봅니다. 이어, 필사문 형식에 맞춰 작문하고 코칭(첨삭)까지 해봅니다. 필사와 작문, 첨삭 과정을 통해 오랜 악습관과 결별하고, 다양한 문체를 익혀 문장의 기초 체력을 기를 수 있습니다.

필사 수업을 할 때마다 "보고 따라 할 수 있는 책이 있으면 좋겠다"라는 의견이 많았습니다. 앞서 나온 필사 책들은 저자의 선호에 따른 문장이거나 단순 옮겨 적기라 실제로 문장력이 좋아지는 느낌이 덜하다는 생각에 집필을 서둘렀지만, 꽤 오랜 시간이 걸렸습니다. 동료들과 집필한 이 책이 문장력을 기르려는 독자에게 조금이라도 도움 된다면 기쁘겠습니다.

'문장력'이라는 숙제는 긴 수련을 요하기에 언어 그 본질에 다가서는 여행입니다. 고요히 명문장을 필사하고, 옮겨 적는 연습은 정서 안정과 집중력까지 줍니다. 손과 머리를 함께 쓰니, 몸과 정신의 총체적 운동입니다. 자, 필사 연습 시작해볼까요.

2018년 2월
김민영

차례

1장

필사,
최고의
문장력 훈련

01

나쁜 습관과의 결별

말과 달리 글의 흠은 뚜렷해 쓰는 이를 위축시킨다. 민낯이 보이는 것 같아 부끄럽다며 글쓰기를 피하는 이도 많다. 고쳐야 할 점도 바로 보이지 않는다. 어딘가에 제출해야 하는 글쓰기라면 다 쓰고 나서도 마음이 편치 않다. '것'이라는 표현을 많이 쓰는 사람이 있다고 하자. "것이라는 반복을 줄이면 더 잘 읽힙니다" 같은 피드백을 받고서도 결국 '것이었던 것이다'라고 쓰고 만다. 무의식중에 밴 습관을 고치기란 쉽지 않다. 결국 글쓰기로 가는 일은 부단한 쓰기 연습과 퇴고뿐이다.

사실 우리는 자신이 어떤 표현을 즐겨 쓰는지 잘 알지 못한다. 매서운 빨간 펜 첨삭에 좌절하면서도 다시 습관의 굴레에 갇힌다. 마음을 고쳐먹고 첫 문장을 시작해보지만 생각만큼 풀리지 않는다. 나쁜 습관의 덫을 피하려 애를 써볼 뿐이다. 그중 가장 잦은 실수는 동어 반복이다. 다음 예를 보자.

바야흐로 삼복더위가 한창인 요즘, 더위 얘기를 다시 또 하는 것으로도 모자라 더위를 즐기라고까지 한다면 시원하기는커녕 더 더워지려나.

한 문장에 '더위'라는 말을 '더워지려나'까지 포함해 네 번이나 쓰고 있다. 가독성이 떨어질 수밖에 없다. 무엇을 말하려는지 핵심은 흐려지고 산만해진다. 뜻은 살리되 다른 표현으로 바꾸거나 꼭 필요하지 않으면 빼는 것도 방법이다. 반복 말고도 나쁜 습관의 예는 많다. 주술 호응이 뒤틀리거나 뜻이 모호한 경우는 매우 흔하며, 장황하거나 부적절한 곳에서 끊어지는 문장도 심심치 않게 나타난다.

금자가 범인이 아니라는 사실을 알면서도 금자를 감옥에 보낸 형사와, 영어 학원 원장이라는 직업을 이용하여 어린아이들을 유괴하고 살해한 백선생이라는 존재 역시 사회적으로 갖는 자신의

직업적 위치를 완전히 반대적 측면에서 악용한 '반칙자'들이라고
할 수 있다.

위 인용은 영화 〈친절한 금자씨〉 리뷰의 한 부분으로, 문장이 장
황한 예에 해당한다. 두 문장 이상으로 끊어 정리하면 잘 전달될 내
용이 한데 얽혀 무겁고 복잡해졌다. 주어와 서술어를 좀 더 명확히
구분하고, 핵심을 드러내 퇴고할 필요가 있다.

우리 모두 각자의 습관과 싸우며 좀 더 잘 읽히는 문장을 꿈꾼
다. 꾸준히 쓰다 보면 늘겠지 하는 막연한 생각도 하지만 갈 길은
멀다. 이때 필사는 묵은 습관을 해결하는 처방전이 된다. 글쓰기 왕
초보에게도, 숙련자에게도 쉽게 접근할 수 있는 연습이다.

'필사'라면 좋아하는 작가의 작품 한 권을 베끼거나 성경을 옮
겨 적는 과정을 떠올린다. 하지만 문장력을 향상시키기 위한 필사
는 다른 방법으로 접근해야 한다. 명문을 선정해야 하고, 장점을 분
석해야 하고, 내 글로 전환해서 쓸 수 있어야 하기에 '좁은 범위(다
섯 줄 내외)'와 '명확한 장점'이 필사의 필수 조건이라 할 수 있다. 문
장력 향상을 위한 필사 연습에서 명문은 닮고 싶은 선망의 대상이
자 우리의 낡은 습관을 보게 하는 대형 거울이다. 빼고 더할 것 없
는 명문장을 필사하다 보면 오랜 습관을 객관적으로 보게 된다. 줄
치며 공부하지 않아도 자연스레 내 문장의 약점, 명문의 장점을 인

식할 수 있다. 명문장에 이르려면 어떤 습관을 고쳐야 하는지 깨닫는다. 바로 필사 최고의 소득 중 하나다.

출판 기자 시절, 편집장은 비슷한 실수를 저지르는 날 꾸짖었다. 앞뒤가 맞는다고 생각하느냐, 무슨 뜻으로 쓴 것이냐, 독자들이 이해하겠느냐…… 빗발치는 질문 앞에서 난 늘 헤맸다. 분명 아무 문제 없던 문장이 편집장 앞에만 가면 뒤틀려 있었다. 혼자서는 반복해서 읽어도 좀처럼 보이지 않던 나쁜 습관이 암초처럼 자라 내 문장을 옭아맸다. 책을 읽으며 명문을 관찰해도 실력은 나아지지 않았다. 생각만큼 나아지지 않는 문장력에 자괴감만 느꼈다. 도서관에 틀어박혀 반복적으로 틀리는 부분을 정리하고, 나쁜 습관 목록까지 만들었지만 막막하기만 했다. 그러다 자연스레 필사를 시작하게 됐다. 명문 관찰과 필사로 내 글을 뜯어보는 퇴고 이상의 효과를 얻었다. 명문에 비친 나의 나쁜 습관은 전보다 빠른 속도로 사라졌다. 흠모만 했던 명문장이 내 안에 쌓이는 체험이 더해질수록 자신감이 붙었다. 일대일 코칭 이상의 효과였다. 작가 지망생, 기자 준비생에게 필사를 권하는 이유에 공감하기 시작했다.

글쓰기 강사가 된 후에도 나와 비슷한 문제에 처한 이들을 만났다. '글을 쓰긴 하는데 나아지는 것 같지 않다' '책을 읽어도 글쓰기는 여전히 어렵다' '내 문장만 보면 의욕이 사라진다' 같은 절필 위기에 놓인 고백은 절박했다. 그때마다 난 필사를 추천했다. 인터넷,

신문, 책, 잡지 등 명문으로 가는 출구는 우리 곁에 가까이 있다. 필사는 글쓰기 초보자도 쉽게 할 수 있으며, 정독 습관은 물론 문장력까지 길러주니 미룰 이유 없는 연습이다. 가장 좋은 방법은 손으로 하는 필사지만 여러 이유로 어렵다면 워드프로세서로 해도 된다. 디테일만 달라진다면 문제없다. 기계를 거쳐 필사할 경우, 신경을 자극하는 경험이 적기에 문장 단위로 끊어 낭독하며 필사하면 좋다. 좀 더 구체적으로 와 닿는 경험이다.

02
필사는 관찰력이다

관찰력은 타고나는가, 훈련의 결과인가? 글쓰기 수업에서 기질보다 훈련이 더 큰 영향 요소임을 종종 확인하곤 한다. '력カ'이라는 한 자가 붙은 모든 단어는 일종의 '가능성'이다. 끝까지 써보기 전까지는 누구나 자신의 힘이 어느 정도인지 알지 못한다. 지인 중 서른네 살까지 운동과 담을 쌓고 살다 심각한 과체중 상태에 이른 한 여성이 있었다. 무라카미 하루키 에세이 『달리기를 말할 때 내가 하고 싶은 이야기』(문학사상사, 2009)로 독서 토론을 한 후 그녀는 달리기 시작했다. 그리고 1년이 채 안 되어 20킬로를 감량했다. 괌 마라톤 대회, 베를린 마라톤 대회까지 출전했다. 그녀는 말했다. "어릴

때 달리기를 못했던 후로 운동과 멀어졌고, 이렇게 달리게 될 줄은 꿈에도 몰랐다." 높은 경쟁률을 뚫고 대회에 선발된 그녀에게 사람들은 재능을 타고났다 하지만, 가까이서 본 이들은 안다. 그녀가 얼마나 부단히 연습하는지를. 누구나 자신의 능력을 한껏 써볼 '계기'가 필요하다. 이를 통해 잠재력을 발견하고 한계치를 끌어올린다.

'관찰력'도 다르지 않다. 관찰하는 힘을 기를 계기가 필요하다. 누구나 보는 법을 익히면 더 자세히, 많이 보인다. 보려 하지 않아서, 보는 법을 몰라서 보지 못할 뿐이다. 필사는 관찰력 훈련을 돕는 훌륭한 지도다.

출판 기자 시절, 내 글을 빨간 펜으로 쭉쭉 긋는 편집장 때문에 괴로웠다. 문제없어 보이는 글을 지적하니 죽을 맛이었다. 물론, 혼나고 나서야 틀린 부분이 보였다. 주술 호응이 깨지고 동어 반복 다수에 문맥도 흔들흔들, 단점투성이 글이었다. 이런 실력으로 기자 생활을 할 수 있을지 자괴의 나날이 이어졌다. 틈만 나면 첨삭받은 지점을 다시 봤다. 외워버리듯 보고 또 봤다. 아침에 눈뜨고 밤에 눈 감을 때까지 오로지 글 생각뿐이었다. 잘 쓰겠다는 생각보다 틀리지 말자는 각오가 먼저였다. 틀린 문장, 비문이 나올 때마다 어찌나 괴로웠는지……. 고통 후에 얻는 열매는 달다 했는가. 어느 순간 스스로 고칠 수 있게 됐다. 편집장의 지적도 줄었다. 전에는 보이지 않던 오류가 눈에 들어왔다. 신기했다. 보는 눈이 크게 달라져 있었다. 코칭과 퇴고, 복습이 내 안목을 키웠다. 잠시라도 틈이 나면 다른 사람이 쓴 글을 본 것도 도움이 됐다. 명문이나 전문가 글보다 일반인 글을 더 많이 봤다. 블로그에 게시된 다른 글을 보며 첨삭했다. "이렇게 쓰면 잘 안 읽히지 않겠어요? 무슨 뜻인지 알겠냐고요?" 내가 마치 편집장이라도 된 듯, 바로 앞에 기자가 있는 듯 잔소리도 하고 호통도 치며 혼자 놀았다.

내 글을 재료로 삼을 때도 있지만 다른 글이 더 먼저 보였다. 아무래도 내 글을 객관적으로 보기는 어려운 법 아닌가. 연습이 쌓이자 내 글도 고쳐지기 시작했다. 전에는 넘어갔을 부분을 스스로 고치게 되니 글의 가독성도 좋아졌다. 당시 외부 매체에 기고도 했는데, 해당 매체 발행인에게 "저 잘 쓰고 있나요?"라는 메일을 보내기도 했다. 어떻게든 의견을 듣고 더 나은 글을 쓰고 싶은 마음 때문이었다. 돌아온 답은 "잘 쓰고 있으니 계속 쓰시면 됩니다"였다. 짧은 회신이었지만 큰 위로였다. 오랜 담금질로 '관찰력'이라는 인생의 커다란 선물을 받았다. 무엇을 어떻게 봐야 할지 알게 되니 행간 의미도 풍성하게 읽혔다. 글로 고통받은 자만이 필자의 심정을 아는 것일까. 글쓴이 의도, 배경이 더 잘 보였다. 잘 쓰려면 잘 읽어야 한다는 말은 헛된 조언이 아니었다.

필사를 하며 관찰력이 좋아지는 예를 자주 본다. 다만 좋아하는 작가 책을 통으로 필사하는 것은 스타일보다는 '내용' '의미' 필사

일 경우가 많다. 좋아하는 구절을 옮겨 적으며 공감하고, 나도 이렇게 쓰고 싶다는 열망을 느낀다. 그러다 보면 문체 스타일, 디테일, 구조는 놓치게 된다. 객관적 관찰이 아닌 감정적 관찰에 머무른다. 옮겨 적을 때에는 충만한 느낌이 들지만 문장력이 늘지는 않는다. 단계별로 '필사-작문'을 하지 않았기 때문이다. 문장력 향상을 원한다면 문장에 집중해 읽어야 한다. 내용만 파악하고 지나갔던 문장들이 살아 움직이는 체험, 바로 필사다.

　필사 후 많은 사람이 "이제껏 책을 제대로 읽지 않은 것 같다"라고 말한다. 많이 읽기보다, 어떻게 읽느냐가 중요하다는 사실을 절감하며 필사의 즐거움을 만끽한다. 목표, 즉 필사를 하는 이유에 따라 방법도 달라진다. 당신은 무엇을 위해 필사할 것인가? 이 책에서 말하는 필사의 목표는 '문장력'이다. 자신의 문장력을 탓하고, 글쓰기를 재능의 문제로 치부한 독자라면 이제부터 시작해보자. 문장력은 8할의 훈련과 연습의 결과라는 사실을 명문 분석과 필사, 작문에 이르는 길 위에서 절감할 것이다.

　처음 필사할 땐 그저 베끼는데 급급했어요. 그래도 한 줄도 쓰지 않은 날보단 뿌듯했죠. 무언가 썼으니까요. 그런데 매일 그렇게 아무 생각 없이 베끼다 보니 의욕이 점점 사라졌어요. 필사해서 뭐 하나 회의도 들고요. 그나마 쓰던 글도 안 쓰게 됐어요. 안 쓰니, 책과도 멀어졌어요. 전엔 뭐라도 써보려고 읽었는데. 읽기, 쓰기와 멀어지다 다시 결심하고 문장력 필사를 시작했어요. 이번엔 문장력을 목표로 하니 초점이 생겼어요. 안 보이던 문장이 새롭게 보이면서 재밌고 신기했어요. 아직은 안 보이는 문장도 있지만 찾아내는 게 너무 재밌어요. 내가 대단하다 감탄하던 작가들의 문장 비밀을 알게 되는 느낌이에요. 이렇게 잘 들여다보는 건 책 읽기 시작한 후로 처음이에요.

필사 모임 참가자, 직장인 P씨 (35세, 금융권)

03
필사는 정독 중의 정독이다

정독은精讀 다독多讀이나 속독速讀과 달리 낱말의 뜻을 하나하나 알아가며 자세히 읽는 과정이다. 읽는 속도는 느리지만 글을 깊게 이해할 수 있는 길이 정독이다. 정독은 집중을 요하는 독서법이다. 조금만 집중하지 못해도 머릿속에서 휘발된다. 책 제목도 주인공 이름도 흐릿하기만 하다. 단편적인 내용만 남기도 한다. 다독, 속독에서 벗어나 정독하고 싶다면 일종의 장치가 필요하다. 책을 읽고 독서 토론을 하거나 발췌, 독후감, 서평을 써서 블로그에 올리는 것이다. 이렇게 하면 책을 정독하게 되는데, 정독 중의 정독은 바로 '필사'다.

소설가 조정래는 "소설을 베껴 쓰는 것은 백 번 읽는 것보다 나은 일"이라고 했다. 그의 대하소설 『태백산맥』은 총10권으로 원고지 1만 6,500매의 분량이다. 집필하는 데만 꼬박 6년 남짓이 걸렸다. 작가가 자녀들에게 『태백산맥』을 필사시켰다는 일화는 유명하다. 『태백산맥』을 읽고 전체를 필사한 독자들도 있다. 필사 기간도 짧게는 6개월, 길게는 4년이 걸렸다고 한다. 독자들의 필사본은 태백산맥문학관에 전시되어 있다. 조정래 작가가 말했듯 여러 번 읽는 것보다 베껴 쓰기가 나은 이유는 책을 되새김질할 수 있다는 것이다. 읽었던 글을 필사하면 그 의미를 또 한 번 반추하게 된다.

최근 케이블 방송 채널 tvN 프로그램 〈알아두면 쓸데없는 신비한 잡학사전(알쓸신잡)〉에서 유시민이 박경리의 『토지』를 언급해 화제가 되었다. 『토지』는 1969년부터 1994년까지 26년 동안 집필되었으며, 200자 원고지 4만여 장의 분량으로 이루어진 대하소설이다. 총5부 16권으로 완간되었다. 1897~1945년 광복까지의 한국 근대사가 녹아든 수작이다. 유시민은 글쓰기에 도움이 되는 방법으로 『토지』 1권을 열 번 읽으라고 추천한다. 같이 출연한 김영하는 "필사는 느리게 읽기"라며 김승옥 단편 『무진기행』을 필사했다고 말했다. 그는 필사하면서 『무진기행』이 굉장히 수학적인 소설이며 문단을 나누면 기승전결의 길이가 똑같다는 사실을 알았다고도 밝혔다. 한 번의 완독으로는 작품 세계를 완전하게 탐독했다고 보기는 어렵다.

그렇다고 책 한 권을 처음부터 끝까지 필사할 필요는 없다. 읽다가 매혹된 문체가 있으면 견출지를 붙여놓고 표시한 곳만 필사하는 것이 효과적이다. 또 읽다 말고 필사하기보다는 필사 시간을 따로 정해놓을 필요가 있다. 아침에 일어나자마자 필사를 하거나 바쁜 일상 속에 자투리 시간을 이용해도 괜찮다. 예쁜 필사 노트를 한 권 마련하고 자신에게 잘 맞는 필기도구를 준비한다. 필사 분량은 다섯 줄 정도가 적당하다.

필사는 글쓰기로 진입하기에 가장 손쉬운 방법 중 하나다. 책을 읽고 정리를 하고 싶은데 처음부터 리뷰, 서평, 비평을 쓰기는 어렵다. 시작은 발췌부터다. 발췌한 부분을 필사하고 발췌 이유를 적는다. 울림을 느낀 문장에 밑줄을 치고 꾹꾹 눌러 그 부분을 따로 옮기는 작업을 해본다. '다독 콤플렉스'는 버려야 한다. 한 권을 읽더라도 꼼꼼하게 정독하는 게 중요하다.

6년 전에 김화영의 프로방스 여행기 『행복의 충격』(문학동네, 2012)을 읽고 워드프로세서로 필사해봤다. 감동적인 부분, 의미 있는 문장만 따로 모았다. 발췌마다 단상을 적었더니 A4 20매가 넘게 나왔다. 필사본을 인쇄해 철했다. 책 한 권을 만든 것 같았다. 직접 쓴 글은 아니지만 발췌와 단상을 적은 필사 노트는 또 다른 창작물처럼 다가왔다. 비록 손 필사는 아니었지만 매일 읽기만 하다 발췌하고 필사했던 경험은 특별했다. 삶을 예술 작품으로 만들고 있다는 느낌이 들었다. 문장이 오롯이 눈에서 손으로 전달되었다. 1975년 김화영의 나이 29세. 그가 강원도 원주를 떠나 프랑스 엑상프로방스에 도착했을 때 이방인으로 느꼈을 충격이 더 절실하게 다가왔다. 햇빛, 바람, 나무, 돌, 지중해 아래에서 어찌 삶이 무의미하다고 할 수 있느냐는 저자의 목소리가 자판기 위를 스쳤다. 필사는 정독 중의 정독이었다.

가끔은 책을 왜 읽는지 깊이 생각해볼 필요가 있다. 책을 취미로 읽거나 지식을 습득하기 위해 읽거나 그저 읽는 행위가 즐거워서인 경우도 많다. 습관적으로 읽기도 하는데 한 번쯤은 진지하게 '책을 읽는 이유'를 고민해봐야 한다. 책은 저자의 의식을 표현한 창작물이다. 독자는 책을 읽으며 저자가 말하려는 맥락을 탐사한다. 단지 책을 읽고 줄거리나 내용 파악에만 그치고 싶지 않다면 말이다. 저자 의도를 파악하는 것은 독서를 하는 이유 중 중요한 요소다. 저자 의도를 알기 위해서는 정독이 필수다. 정독하지 않고 휘리릭 책을 읽는 건 마치 바깥 풍경을 보겠다며 KTX를 타는 것과 같다. 창밖에 펼쳐진 풍경을 보고 싶다면 좀 더 느린 교통수단을 선택해야 한다. 빠른 속도로 가면 길가의 경치를 휙휙 지나쳐버려 풍경을 놓치게 된다. 책이 말하고자 하는 의미를 탐독하고 싶다면 빠르게 책장을 넘기지 말고 정독해야 한다. 마음을 울린 문장마다 한 줄 한 줄 필사한다. 저자와 독자 사이에서 얼마간 서성거릴 필요가 있다.

이때 독자는 저자가 말하지 않았던 여백까지 찾게 된다.

『노인과 바다』를 보면 어부 산티아고는 85일 만에 청새치 한 마리를 잡고 사투를 벌인다. 다음은 산티아고가 말한 유명한 구절들이다.

> "하지만 인간은 패배하도록 창조된 게 아니야." 그가 말했다.
> "인간은 파멸당할 수는 있을지 몰라도 패배할 수는 없어."
>
> 어니스트 헤밍웨이, 『노인과 바다』, 김욱동 옮김, 민음사, 2012, 104쪽

여기를 필사한다면, 우선 '파멸'과 '패배'의 사전적 의미를 파악해야 한다. 파멸은 '파괴되어 없어짐', 패배는 '어떤 대상과 겨루어서 짐'이라는 뜻이다. 단어의 의미를 곱씹어보면서 천천히 필사한다. 산티아고는 바다 한가운데 청새치와 팽팽한 긴장 상태에 놓여 있다. 노인은 손에 상처가 났지만 절대 낚싯줄을 놓지 않는다. 몇백 킬로그램이나 나가는 힘찬 물고기와 대치 중이다. 긴박한 대결이 펼쳐지는 장면이다. 평생 어부로 산 산티아고의 존재 이유는 고기를 잡는 것이다. 산티아고는 죽음을 두려워하지 않는다. 그래서 파멸은 상관없지만 청새치와의 싸움에서 패배란 있을 수 없다고 말한다. 필사하다가 잠시 눈을 감고 망망대해에 홀로 조각배를 탄 산티아고를 떠올린다. 청새치와 사투, 상어 떼와 결투를 벌이는 노인

의 모습에 불굴의 투지를 읽는다. 비록 뼈만 앙상한 청새치를 가지고 항구로 돌아왔지만 산티아고는 정신 승리자였다. 필사하면서 어부의 삶을 숙고해본다. 『노인과 바다』는 단조로운 플롯이지만 바닷속 보물처럼 많은 은유를 담고 있다. 헤밍웨이는 이 작품을 200번 넘게 교정했다고 한다. 독자는 명쾌하고 간결하고 투명한 문체, 군더더기 없는 사실주의적 문장을 만나게 된다. 필사하지 않으면 지나쳤을지 모르는 문장일 수 있다. 필사를 하면 느리게 읽는 시간이 어쩔 수 없이 주어진다. 필사는 정독 중의 정독이다.

04

필사는 몰입이다

몰입은 모든 정신이 한곳으로 집중되는 현상이다. 몰입 행위는 명상할 때와 비슷하다. 정좌하고 명상을 해본 사람은 몰입의 순간을 경험한다. 명상은 숨을 들이마시고 내쉬는 동작이 중요하다. 숨을 쉴 때는 이렇다 할 의식 없이 단순히 호흡하지만 명상할 때는 집중하게 된다. 숨쉬기는 자연스러운 동작이고 명상은 의식적인 행동이다. 독서가들에게 읽기는 편한 호흡처럼 자연스러운 동작일지 모른다. 그러나 필사는 명상처럼 의식적인 '몰입'을 요한다. 집중하지 않고 필사를 하면 아무런 효과가 없다. 필사할 때 문장에 몰입하면 저자의 문체를 더 정확하게 파악하게 된다. 위대한 작가들은 한 문장을 쓰기 위해 수없이 고치기를 반복한다. 명문장을 필사하고 문체를 분석하면 글쓰기에 상당한 효과가 있다. 필사는 글을 잘 쓰기 위한 전제 조건이기 때문이다. 명상을 하면 호흡이 안정되면서 자신을 돌아보게 되는데 필사도 마찬가지다. 감흥을 느낀 문장을 필사하면 읽기만 했을 때와는 달리 새로움을 발견하게 된다. 그래서 읽기와 필사의 차이는 숨쉬기와 명상의 차이처럼 간극이 크다.

그렇다면 필사할 땐 얼마만큼의 집중력이 요구될까? 책을 읽을 때 잠깐만 딴생각을 해도 문맥 파악이 어려워진다. 얼른 생각을 멈추고 읽었던 부분으로 되돌아가야 내용이 이해된다. 필사는 읽을 때보다 훨씬 높은 몰입을 요한다. 몇 음절이라도 정확히 외우거나 눈에 익혀야 노트에 옮길 수 있다. 건성건성 베껴 쓰기에만 바쁘면 효과가 떨어진다. 한번 낭독하고 입으로 되뇌면서 연필로 써 내려가면 훨씬 텍스트 이해가 높아진다. 읽을 때 놓쳤던 부분도 발견한다. 필사할 때 빨리 쓰지 않는다. 글씨가 멋지지 않아도 틀리지 않게 써야 한다. 악필이어도 최대한 정자로 쓰길 권한다. 막 휘갈겨 쓰지 않도록 주의한다. 종이 위에 쓴 글씨를 보면 무언가 해냈다는 성취감이 든다.

『페스트』를 보면 타루가 의사 리유를 묘사한 부분이 있다.

서른다섯 살쯤 되어 보인다. 중키, 딱 벌어진 어깨, 거의 직사각

형에 가까운 얼굴, 색이 짙고 곧은 두 눈이지만 턱뼈는 불쑥하게 튀어나왔다. 굳센 콧날은 고르다. 아주 짧게 깎은 검은 머리, 입은 활처럼 둥글고, 두꺼운 입술을 거의 언제나 굳게 다물고 있다. 햇볕에 그은 피부, 검은 털, 한결같이 짙은 색이지만 그에게는 잘 어울리는 양복 색 같은 것이 어딘가 시칠리아 농부 같은 인상을 준다.

알베르 카뮈, 『페스트』, 김화영 옮김, 민음사, 2011, 44쪽

이 부분만 읽어도 의사 리유를 연상하기에는 큰 무리가 없을지 모른다. 만약 필사하고 문장에 집중하면 리유의 모습이 어떻게 다가올까? 서른다섯, 중키, 딱 벌어진 어깨, 굳센 콧날, 활처럼 둥근 입술, 그을린 피부, 시칠리아 농부 같은 인상…… 단어를 천천히 쓰면서 잠깐 눈을 감고 리유를 상상해본다. 리유의 모습이 좀 더 세밀하고 선명하게 그려지는 걸 느끼게 된다. 음독할 때 연상되는 리유의 모습과 필사할 때 그려지는 리유는 다르게 다가온다. 훨씬 살아 있는 인물처럼 입체적으로 파악된다. 읽는 속도는 쓰는 속도보다 빠르기 때문에 리유를 묘사하기도 전에 획 지나쳐 줄거리에만 몰두하게 된다. 필사는 단어를 곱씹는 시간을 주고 몰입의 여지를 남겨준다. 필사한 리유의 모습은 어쩌면 다른 사람일지도 모른다.

비로소 저자의 문장이 내 곁에 온다. 필사는 저자와 내가 마주하는 작업이다.

온종일 집안일, 육아, 직장 업무에 시달리다 잔잔한 음악을 틀어 놓고 필사를 하면 잠깐의 여유가 생긴다. 바쁜 시간을 쪼개 한 자 한 자 적다 보면 심신이 이완된다. 깔끔하게 정리된 책상에 앉아 마음을 가다듬고 필사한다. 처음 필사할 때는 가급적 같은 장소, 같은 시간, 같은 음악을 들으면 습관을 기르는 데 도움이 된다. 부득이한 사정으로 일정을 맞추기 어렵다면 상황에 맞게 해도 괜찮다.

무엇에 몰입한다는 것이 쉽지는 않다. 몰입에는 절대적인 에너지가 소요된다. 하루에 한 단락이라도 써야겠다는 약속 없이 필사를 해내기가 수월하지 않다. 혹시 혼자 하기 어렵다면 함께하는 필사도 가능하다. '30일 필사하기'나 '100일 필사 습관'이라는 타이틀을 걸고 지인들과 약속을 정한다. 필사할 책을 선정하고 노트에 필사를 한 후 사진을 찍어 메신저에 공유한다. 하루에 필사할 분량을 정하고 함께 써나가는 것이다. 다만, 다 함께 필사하려면 합의된 공동 텍스트가 필요하다. 다수가 좋아하는 작가를 선정하는 것도 한 방법이다. 알베르 카뮈, 프란츠 카프카, 어니스트 헤밍웨이, 박경리, 김훈 등 한 작가를 뽑고 주요 작품을 골라 의미 있는 문장을 발췌해서 필사한다. 처음부터 소설을 필사하기에 부담스럽다면 짧은 시로 시작해도 좋다. 일정 기간을 정해서 안도현, 도종환, 정호승, 김수영, 고두현 등의 시를 매일 필사한다. 시를 필사하면 그동안 사라졌던 시심을 되찾는 계기가 된다. 발췌문을 필사한 다음 단상을 적거나 문장을 분석하는 과정도 필요하다. 문장 특징을 짧게라도 써서 공유하고 다른 사람들의 분석과 비교해본다면 도움이 된다. 같이 모여 필사를 하면 혼자 하는 것보다 시너지 효과가 생긴다.

'카뮈처럼 쓰기'는 카뮈의 작품 네 권을 한 달 동안 필사하는 온라인 모임이다. 하루에 다섯 줄 정도의 분량을 노트에 쓰고 사진을 찍어 메신저 단체 대화방에 올린다. 작품은 『이방인』 『결혼·여름』 『시지프 신화』 『페스트』다. 카뮈의 작품을 필사하고 회원들은 이런 반응을 보였다.

"문장을 다시 새겨보는 시간이었다."
"작가의 생각을 확장하는 순간이었다."
"책을 정독하는 동기 부여가 되었다."
"집중과 몰입이 가능했다."
"필사는 독서의 완료라고 생각한다."
"생생함 그 자체였다."
"카뮈 책 네 권을 필사했더니 작가의 전작을 아우르는 느낌이다."
"짧은 시간 몰입하며 자신을 반추하는 계기가 되었다."

미하이 칙센트미하이는 『몰입의 즐거움』(해냄, 2007)에서 몰입은 "삶이 고조되는 순간에 물 흐르는 듯 행동이 자연스럽게 이루어지는 느낌"인데 운동선수가 말하는 '무아 일체의 상태' '무아경' '미적 황홀감'과 비슷하다고 했다. 그는 이를 '몰입 경험'이라고 불렀다. 필사도 몰두해서 하면 이런 기분에 젖게 된다. 몸에 생기가 돌아 기쁨이 동반된다. 필사만 해도 몰입의 즐거움을 얻기에 충분하다. 오늘의 필사는 내일도 필사하겠다는 원동력이 된다. 작가들의 글을 복기하면서 몰입하는 습관을 길러보자.

필사한 책은 읽기만 했던 책과는 다르게 다가온다. 필사한 책을 재독하면 한 문장, 한 단락이 오래된 친구를 만난 것처럼 반갑게 느껴진다. 몰입하면서 곱씹었던 문장은 쉽게 기억에서 사라지지 않는다. 손과 눈이 일체가 되어 또박또박 필사한 문장은 오롯이 내 것으로 체화되었기 때문이다. 분명 작가의 글이지만 노트에 옮겨질 땐 자신만의 창작물로 재탄생한다. 필사는 몰입의 시간이다.

05
필사, 다섯 줄이면 충분하다

필사는 한 책을 전부 하지 않는다. 한 권의 책이 모두 좋은 문장으로 쓰이지는 않는다. 전체를 필사한다면 시간이 오래 걸릴 뿐만 아니라 중간에 포기하기도 쉽다. 명문장을 구사하는 작가의 작품 중 좋은 문장을 선별하여 다섯 줄 정도 베껴 쓰면 좋다. 문장력 강화를 위한 필사는 일종의 훈련이다. 하루아침에 문장력이 향상되는 기적은 없다. 매일 운동한다고 생각하고 조금씩 연습해야 한다. 필사는 단지 모방에서 끝나는 것이 아니라 자신만의 문장으로 재창조될 때 응용력이 생긴다. 좋은 문장을 베껴 쓴 후 분석하여 작문하는 작업은 모방을 넘어선 창조의 과정이다.

그러면 어떻게 필사를 해야 할까?

우선 책을 읽을 때 인상 깊은 문장에 밑줄을 긋거나 견출지로 표시해둔다. 독서를 할 때 밑줄을 긋는 행위는 잘 쓴 문장이거나 기억하고 싶은 내용임이 분명하다. 그렇게 표시한 문장들을 별도로 워드프로세서나 자신의 블로그에 정리해두면 읽은 책 목록이 정리되고 참고 자료로 활용하고 싶을 때 찾아보기도 쉽다. 만약 같은 책을 재독하는 경우가 생긴다면 밑줄 긋거나 표시한 부분이 예전과 달라질 수 있다. 일정 시간이 지난 뒤 자신의 생각이 어떻게 바뀌었는지 비교해볼 수도 있다.

읽은 내용을 다 정리했다면 발췌한 문장들을 다시 한번 읽어본다. 이때 밑줄을 친 이유가 생각나지 않거나 중요한 내용이 아니라고 생각되는 문장들은 삭제해도 좋다. 그리고 그중 가장 마음에 드는 다섯 줄 정도의 문장을 선별해보자. 필사할 문장들을 선택할 때 유의할 점은 한 쪽 이상으로 너무 길거나 한두 문장 정도의 짧은 경우는 피해야 한다는 것이다. 문장력 향상을 위한 필사는 꾸준히 해야 하는데 한 번 할 때 부담을 느낄 만큼 긴 분량이라면 자주 하기 싫어지기 때문에 습관으로 자리 잡기 어렵다. 반면 필사 분량이 지나치게 짧으면 문장들이 이어져 형성되는 리듬과 글의 구조까지 파악하기가 어려워지기 때문에 너무 짧아도 안 된다. 심리적으로 부담을 느끼지 않을 만한 분량으로 내용과 구조까지 파악하려면 적어도 다섯 줄 이상은 돼야 작문 실습에 도움이 된다.

이제 연필과 노트를 준비하고 선별한 문장들을 손이나 워드프로세서로 한 문장씩 옮겨 적으면서 소리 내어 읽는다. 이때 소설가 조정래의 말처럼 "마침표 하나도 똑같이 베껴" 쓰고 "구두점 하나, 띄어쓰기, 바른 정자로 또박또박 곱씹으며" 쓴다. 한 번은 꼭 쓴다. 두세 번 반복해 써도 좋다.

1회 이상 필사를 했다면 왜 이 문장이 좋은지 이유를 생각해본다. 필사한 문단 밑 여백에 본인이 생각한 이유를 세 가지 정도 써본다. 무엇이든 좋다. 떠오르는 대로 쓴다. 문장을 오래 봐도 이유가 떠오르지 않을 수 있다. 그럼 '좋은 문장'의 요건을 하나씩 적용해본다. 정답은 없다. 자신이 생각하는 이유를 써보자. 문장을 보는 안목을 기르기 위한 훈련 과정이다.

마지막으로 필사한 문장의 형식과 구조를 유지하면서 자유 주제로 작문을 해본다. 필사 문장 개수에 맞추어 작문 문장 개수를 정한다. 필사 예시문의 문장 길이와 리듬감, 문맥과 분위기를 파악한다. 앞서 정리해두었던 필사 예시문이 좋은 이유 세 가지 정도를 염두에 두고 같은 형식으로 내용만 바꾸어 한 줄 한 줄 문장을 만들어보자. 처음엔 예시문과 똑같이 만들어지지 않는다. 주제가 달라지면 글의 분위기가 달라지고 구조도 달라지기 때문에 어색하게 느껴질 수도 있다. 하지만 이렇게 작문을 연습하다 보면 글의 구조를 자연스럽게 파악하게 된다. 작문을 하면서 문장 길이를 맞추다 보면 리듬감을 익히게 되고, 쉽고 명확한 문장을 쓰기 위해 주어와 서술어를 살핀다. 문맥을 자연스럽게 이어가기 위해 문장 간의 인과 관계를 신경 쓰면서 글의 개연성까지 고심한다. 만약 필사만 했다면 지나칠 수 있는 미세한 글쓰기 훈련 과정을 작문을 하면서 체험하게되는 것이다. 이런 과정을 반복하면 글쓰기에 자신감도 생기기 마련이다. 읽기가 문장력 향상에 기본 요소라면 필사와 작문 연습은 윤활유 같은 역할을 한다.

물론 필사와 작문 연습을 단지 몇 번 하는 것으로 효과를 보기는어렵다. 습관으로 자리 잡도록 꾸준히 해야 좋다. 3장에서 이 과정을 구체적으로 설명하며 실전으로 다룰 것이다.

2장

필사
클리닉

01

첫 문장이 안 써져요

질문 | 글을 쓰려고 하면 막막해요. 평소에 생각을 안 하는 것도 아닌데 뭘 어떻게 써야 할지 모르겠어요. 첫 문장이 써지지가 않아요. 그러다 다른 사람들이 쓴 좋은 첫 문장을 보면 부럽고 기가 죽어요. 어떻게 이런 문장을 썼을까 감탄만 하다 전 한 줄도 못 쓰고 그만둘 때가 많아요. 분명 쓸 말이 없었던 것도 아닌데 왜 전 첫 문장을 시작하지 못할까요? 어떻게 해야 글쓰기의 막막함을 해결할 수 있을까요?

시작은 누구에게나 막막하다. 멋진 시작을 원하는 것도 아닌데, 편안하게 풀어보고 싶은데 써지지 않는다. 재능을 한탄하다 결국 그만둔다. 쓰기는 나와는 맞지 않는다는 결론. 다시 책이나 읽자 생각한다. 아직 쓰지 못한 첫 문장, 기록, 단상이 몸 안에 노폐물처럼 쌓여 떨어지지 않지만 해결하기 어렵다. 문제는 늘 첫 문장이다. 첫 문장의 두려움, 막막함은 어디서 생길까? 내면의 자기 검열? 경험 부족? 재능의 고갈? 첫 문장 쓰기의 공포에 시달리면서도 해답을 찾기란 쉽지 않다. 글쓰기에 대한 막연한 두려움과 경험 부족으로 인한 미숙이 총체적으로 얽힌 문제라 그렇다. 첫 문장을 편안하게, 자신 있게 시작해본 경험이 있다면 덜 어렵겠지만 글쓰기를 업으로 삼는 이에게도 쉽지 않은 문제다. 글쓰기 숙련자인 기자들도 다양한 기술을 활용한다. 책, 잡지, 신문에 나온 인상적인 첫 문장을 간직해두기도 한다. 바로 스크랩이다. 여러 유형의 글을 채집했다가 상황별로 꺼내 쓰는 것이다. 시작법은 여러 가지다. 어록, 발췌, 스토리텔링, 팩트 등 주목을 끌 만한 방법을 총동원한다. 기자들에게 첫 문단(리드)은 목숨이기 때문이다. 기자가 아니라도 첫 문단을 소홀히 여겨선 안 된다. 첫 문단은 곧 첫인상이다. 서랍 속에 감추거나 웹상에 비공개로 설정해둔 경우가 아니라면 누구나 읽히는 글을 원한다. 첫 문장 쓰기의 두려움이 발생하는 지점도 바로 여기다. 글을 쓰다 보면 무의식중에 '관심 받고 싶다'는 욕망이 꿈틀댄다. 누군가 읽겠지, 좋아했으면 좋겠어, 잘 썼다고 칭찬받으면 더 좋겠는데라는 생각에서 자유로워지기 쉽지 않다. 글 쓰는 이 모두 품는 '인정 욕구'다. 물론 여러 글쓰기 책은 이 강박에서 벗어나라 조언한다. 나탈리 골드버그는 이런 격려도 건넨다.

> 당신이 누구인지 잊어버려라. 당신이 쳐다보고 있는 모든 사물들 안으로, 거리 속으로, 물 잔에 담긴 물 속으로, 옥수수밭 속으로 들어가 그대로 사라져버려라. 당신이 느끼는 바로 그것이 되어 그 감정을 태워버려라. 걱정하지 말라. 당신은 초조함에서 벗어나 환희에 도달할 것이다.
>
> 나탈리 골드버그, 『뼛속까지 내려가서 써라』, 권경희 옮김, 한문화, 2013, 140쪽

내가 누구인지 잊어버린다면 좋은 글을 쓸 수 있을까? 또 다른 질문을 던지고 싶어질지도 모른다. 하지만 첫 문장 쓰기로 힘들어했던 순간을 떠올려보면 답은 멀지 않다. 어쩌면 이런 고민으로 인해 첫 문장 쓰기는 막막했을지도 모른다.

'내가 잘 쓸 수 있을까?'
'내 글이 형편없다고 무시당하지 않을까?'
'내 글에 잘못된 부분이 있으면 비웃음을 사지 않을까?'
'왜 난 멋진 문장을 쓰지 못하지? 재능이 없는 게 분명해.'
'나와 글쓰기는 잘 맞지 않는 게 아닐까?'

'다른 사람은 술술 쓰는데 나만 이렇게 막막한 건 아닐까?'

결국 나탈리 골드버그가 주의시킨 내가 누군지 잊어버리라는 조언은 실천하기 쉽지 않은 문제다. 해야 할 일은 마음속으로 되뇌기. 내가 누구인지 잊고 그 안에 몰입하자는 약속. 안 되면 다시 결심, 반복하며 생각을 다진다. 잘 쓰려는 생각을 내려놓고 낙서하듯 어차피 고칠 글이니 마구 써 내려간다. 자, 이때 도움 되는 필사 훈련은 전혀 어렵지 않다. 글쓰기 숙련자들이 쓴 첫 문장을 옮겨 적기! 손만 끄적이면 되니 어려운 일이 아니다. 기자처럼, 작가처럼 첫 문장 모아보기부터 시작해보자. 관심을 주목시키기 위해 시도하는 여러 첫 문장을 관찰하고 필사해보자.

1864년 미국 버지니아주. 남북전쟁으로 하나 둘 학생들이 떠나면서 한때 학생이 20명도 넘었던 마사 판즈워스 여자 신학교에는 학생 5명과 교사 2명, 살림을 맡는 흑인 노예만이 남는다. 나름의 위계질서와 규칙을 갖고 있던 그 곳에 변화가 찾아온 건 학생 어밀리아가 근처 숲에 버섯을 따러 갔다가 무릎 밑에 총상을 입은 양키(북부 연방군) 존 맥버니를 발견하면서부터다.

이윤주, 「한 남자를 차지하려는 7명의 여인들」,
《한국일보》, 「매혹당한 사람들」 서평 기사, 2017. 9. 14

배경을 모르는 독자를 이끄는 명료하고, 구체적인 첫 문단. 숫자를 적극적으로 활용해 알기 쉽게 설명한다. 어밀리아와 존 맥버니를 간략하게 소개하며 이후 내용을 기대하게 한다.

고양이가 '집사'로부터 조금 특별한 음식을 대접받았다. 집사는 유명 유튜버 요시즈키 준이다. 그는 종종 카메오로 출연시켰던 고양이를 대접하기 위해 초밥을 만들었다. 그는 물을 여과하고 참치 도미 닭가슴살을 직접 다지며 사람이 먹는 음식보다 더 정성을 들였다. 고양이들은 요리 과정을 모두 지켜보면서도, 요시즈키가 말할 때까지 음식을 먹지 않았다. 길들이기 어렵다는 인식과 다르게 집사와 호흡이 척척 맞았다. 잔잔한 일상 속 동화 같은 광경은 7일 현재 전 세계 280만 명의 시청자들의 마음을 사로잡았다.

이담비, 「"웬일로 초밥이냥!" 어느 고양이 집사의 특별한 대접」, 《국민일보》, 2017. 9. 7

독특한 내용의 첫 문장으로 호기심을 자극한다. 다음에 어떤 이야기가 이어질까 궁금해진다. 호감을 유발하는 잔재미와 디테일로 유연한 스토리텔링을 완성한다.

학원에서 처음 배운 것은 도로 짚는 법이었다. 첫 번째 음이니까. 첫 번째 손가락으로 도. 내가 건반을 누르자, 도는 겨우 도- 하고 울었다. 나는 조금 전의 도를 기억하려 한 번 더 건반을 눌러보았다.

김애란, 「도도한 생활」, 『침이 고인다』, 문학과지성사, 2007, 9쪽

평이해 보이지만 다음 문장으로 끄는 힘이 강렬한 출발이다. 여기서 말하는 도란 음계를 뜻하니, 개성 있는 시작이다. 영감을 줄 뿐 아니라 읽는 재미까지 느껴지는 첫 문장이다.

인류가 기억하는 유명한 배들, 가령 콜롬부스의 '산타마리아'나 청교도들의 '메이 플라워' 못지않게 과학·철학사적으로는 어쩌면 더 중요하고 널리 알려진 배가 19세기 영국 왕립해군의 군함 'HMS 비글Beagle호'다. 승선인원 60명 남짓의 체로키급에 두 쌍의 가로 돛을 단 그 브리그brig선이 1835년 9월 15일 남미 에콰도르령 갈라파고스에 접안했다. 진화론의 과학자 찰스 다윈Charles Darwin, 1809~1882이 갈라파고스에 상륙한 것도 그날이었다.

최윤필, 「비글호」, 《한국일보》 '기억할 오늘', 2017. 9. 15

앞선 예시에 비해 간결한 첫 문장은 아니지만, 여러 팩트를 일목요연하게 담아 관련 분야에 관심 갖게 한다. 언뜻 들어봤을 법한 비글호의 배경을 열어 보인다. 관련 인물이 찰스 다윈이란 사실을 드러내며 독자의 관심을 유발하는 첫 문단이다.

02
문장이 장황해요

질문 │ 글을 쓰고 나서 읽으면 문장이 너무 길고 장황해요. 가급적 흡입력 있게 쓰고 싶은데 자꾸 늘어지게 쓰더라고요. 긴장감 있으면서도 간결하게 쓰려 해도 자꾸 불필요한 낱말을 붙이게 되네요. 필요한 말만 쓰면 너무 단조로운 글처럼 보이는 것 같아서요. 문장을 끝맺지 못하고 자꾸 연결해서 쓰는 버릇이 있어요. 단문이 좋은 문장이라고 하는데 쉽게 고쳐지지가 않아요.

　사적인 글을 제외하고 보면 소통하는 글쓰기가 거의 대부분이다. 글은 기본적인 메시지를 전달해야 하는데 문장이 장황하면 지루하기 일쑤다. 아무리 좋은 문장도 늘어지면 속도감이 나지 않아

따분하다. 우리말에는 일곱 가지 문장 성분이 있다. 자신의 문체가 장황하다면 문장의 주성분인 주어, 서술어, 목적어, 보어만으로 글을 쓰는 훈련을 해본다. 되도록 부사나 관형어를 덜 사용하고 감탄사 같은 독립어도 생략해 써본다. 자꾸 부연 설명하거나 반복적인 수식어가 많으면 문장이 복잡해 긴장감이 떨어진다. 저널리스트로 활동했던 소설가 김훈은 형용사나 부사를 최대한 사용하지 않기로 유명하다. 신문 기사처럼 쓸 말만을 쓰고 객관적인 사실만을 전달해도 감동이 있다. 문장을 절제하는 힘은 작품의 매력이다.

모든 것을 말하지 않아도 표현되는 문학 장르가 있다. 바로 '언어의 꽃', 시詩의 세계다. 시는 여백과 은유, 상상과 함축을 담고 있다. 문장을 장황하게 설명하지 않고 한 줄만 써도 통하는 세계가 시의 영역이다. 다음은 「문자 메시지」라는 시다. 한 문장 안에 자신이 하고 싶은 말을 어떻게 담았는지 눈여겨보자.

형, 백만 원 부쳤어.

내가 열심히 일해서 번 돈이야.

나쁜 데 써도 돼.

형은 우리나라 최고의 시인이잖아.

이문재, 「문자 메시지」, 「지금 여기가 맨 앞」, 문학동네, 2014

「문자 메시지」를 보는 순간 마음이 '쿵' 하고 내려앉는다. 시는 4행으로 되어 있고, 문장 길이도 짧다. 동생이 형에게 보내는 문자 메시지. 독자가 마치 동생에게 문자 메시지를 받은 것 같다. 열심히 일해서 번 돈 백만 원. 뭘 해 벌었는지 얼마 동안 벌었는지 구구절절 설명이 없지만 동생이 힘들게 벌었겠구나 미루어 짐작하게 된다. 동생에게 돈을 받아 써야 할 형의 상황도 헤아려본다. 동생의 애정은 "나쁜 데 써도 돼"에 함축되어 있다. 형은 우리나라 최고의 시인이기 때문이다. 백만 원을 받고 과연 어떻게 썼을지 형의 심정이 어른거린다. 형과 동생의 경제 상황, 우애, 마음의 표현을 응축한 시다. 구태여 장황하지 않아도 의미를 전달받기에는 무리가 없다. 시를 필사하면서 압축의 미를 분석해본다. 특히, 시를 필사할 때에는 행이 바뀌는 지점, 문장 부호, 띄어쓰기 등에 유의한다. 언어는 아니지만 하나의 몸짓처럼 의미를 담고 있는 요소들이다. 시가 지닌 매력 중 하나다.

글은 주절주절 설명하지 않아도 전달된다. 자신이 문장을 장황하게 쓰는 것 같다면 되도록 간결체로 써보기를 권한다. 글을 쓰기 전 생각을 정리하고 주술 호응에만 신경 쓴다. 주어와 서술어가 최대한 가까울수록 문장이 장황하지 않다. 특히, 미디어 글은 간결하다. 사설, 칼럼, 기사, 잡지, 방송 매체 등의 글은 많은 사람에게 정보를 전달한다. 두루뭉술하거나 장황한 글은 독자에게 외면받는다.

기자들은 독자를 대상으로 기사를 쓰기 때문에 초년 기자 때부터 체계적이고 혹독하게 글쓰기 훈련을 받는다. 미디어 글은 지면과 분량이 한정되어 있고 신문사마다 원고 분량 기준이 엄격하다. 보통 칼럼 문단은 네 개 단락이다. 기승전결에 신경을 쓰고 제한된 분량에 논리적으로 전개해야 칼럼이 빛난다.

필사하기 좋은 칼럼으로 《한국경제》 '천자 칼럼' 코너를 추천한다. 몇 명의 논설위원이 번갈아 가며 칼럼을 올린다. 그중 고두현 논설위원이 쓴 칼럼의 일부를 보자.

잘 익은 과육은 노란색을 띠며 버터 맛이 난다. 그래서 '숲속의 버터'로 불린다. 식감이 부드러워 멜론이나 바나나와 비슷하다. 일본 초밥이 서구에 진출했을 때 날것을 부담스러워하는 서양인에게 대체재로 인기였다. 쌀과 궁합도 잘 맞아 캘리포니아롤에 많이 쓰인다. 채식주의자들의 육식 대용으로도 최고다.

고두현, 「'숲속의 버터' 아보카도」, 《한국경제》 '천자 칼럼', 2017. 9. 9

칼럼을 분석해보면 문장이 쉽고 간결하다는 걸 알 수 있다. 두 줄을 넘는 문장이 별로 없다. 열대 과일 아보카도가 웰빙 식품으로 인기를 끌면서 매년 소비가 늘어나 소매가격도 뛴다는 요지다. 1,000자 안에 아보카도가 웰빙 식품으로 인기를 끄는 이유, 아보카도의 어원, 일본과 국내 소비량, 산지 가격 등을 담고 있다. 아보카도가 '숲속의 버터'로 불리는 이유가 '노란색'과 '버터 맛' 때문이라고 설명했다. 또한 식감은 '멜론' '바나나'로 표현해 쉽게 아보카도 맛을 상상하게 만든다. 아보카도가 대체재로 쓰이는 근거를 '일본 초밥' '캘리포니아롤' '육식 대용' 등 실생활과 연결해 친근감을 더한다. 구구절절 설명하지 않아도 아보카도의 소비가 왜 늘어나고 있는지 증명한다.

칼럼은 짧은 단문으로 핵심 내용만 담겨 있어 필사하기 적합하다. 매일매일 올라오는 '천자 칼럼'을 필사하면 간결한 문장을 보는 안목이 생긴다. 이런 예를 보면 한눈에 체크 포인트가 보인다.

한 포털사이트 커뮤니티에 게시된 트리나 폴러스『꽃들에게 희망을』에 대한 리뷰다.

주인공 호랑 애벌레는 먹고 자는 것만이 전부인 순응적인 삶을 거부한다. 호랑 애벌레는 그 이상의 것을 찾아 다른 애벌레들이 가는 길을 따라 올라가는데 기둥 꼭대기에는 무엇이 있는지 아무도 모른 채 무작정 오르고 또 오른다. 그러다 빛깔이 고운 노랑 애벌레를 만났는데 두 애벌레는 무작정 경쟁하는 삭막한 생활이 싫어져 둥그런 기둥에서 내려온다. 둘은 평화롭다고 느끼는 천국 같은 풀밭에서 매일매일 달콤한 사랑을 나누고 편한 생활을 하지만 호랑 애벌레는 땅바닥을 기어 다니는 삶에는 그다지 만족하지 못한다. 심지어 호랑 애벌레는 노랑 애벌레를 버리고 떠난다. 결국 호랑 애벌레는 다시 기둥 위를 야심차게 오르기 시작한다.

글을 읽으면서 숨이 차지 않은가. 다소 장황하다. 호랑 애벌레와 노랑 애벌레가 기둥에서 내려와 평화롭게 지내다 호랑 애벌레만 다시 기둥을 오른다는 얘기다. 리뷰를 분석하면 형용사, 부사 사용이 많고 동어 반복도 눈에 띈다. '무작정' '오른다' 등이 반복된다. '고운' '삭막한' '둥그런' '야심차게' '매일매일' '다시' '심지어' 같은 형용사나 부사 사용이 많다. 이렇게 쓰면 문장이 장황해 전달력이 떨어진다. 리뷰를 단문으로 고쳐본다.

호랑애벌레는 순응적인 삶을 거부하고 기둥을 오른다. 그곳에서 노랑 애벌레를 만난다. 둘은 밟고 올라가는 경쟁이 싫어 땅으로 내려온다. 풀밭에서 편한 생활을 하는 두 애벌레. 곧, 싫증이 난 호랑 애벌레는 노랑 애벌레를 떠나 다시 기둥을 올라간다.

열 줄이 네 줄로 요약됐다. 문장을 끝맺지 못하고 자꾸 연결하는 습관은 쉽게 고쳐지지 않는다. 글은 늘리기는 쉬워도 줄이기는 어렵다. 글쓴이는 모두 필요하다고 생각해서 썼기 때문이다. 자꾸 부연 설명을 하는 버릇이 있다면 분량이 정해진 칼럼과 사설, 단문으로 된 문학 작품을 필사하길 권한다. 명문장을 분석해보면 대부분 단문이 많다. 문장은 짧을수록 강렬하다.

03

동어 반복이 심해요

질문 │ 같은 말을 자꾸 반복해서 써요. 쓸 때는 모르는데요. 꼭 퇴고할 때 읽어보면 반복되는 단어가 나와요. 비슷한 말을 쓰지 않으려고 주의 깊게 쓰는데도 그래요. 한 문단 안에 같은 말이 두세 개는 들어가 있어요. 긴 문장이야 그럴 수 있다지만 짧은 문장이나 메신저에 쓸 때도 마찬가지예요. 한두 번이 아닙니다. 여러 번 퇴고하면 발견하긴 해요. 그런데 처음엔 눈에 잘 들어오지 않네요. 그게 문제죠.

동어 반복은 초보자가 가장 하기 쉬운 실수다. 같은 뜻을 반복하면 글이 진부해진다. 예를 들면 "그 작품은 상투적이고 진부함에도 불구하고 많은 사람들이 열광한다"라는 문장이 있다고 해보자. '진부함'과 '상투적'이라는 단어가 딱 걸린다. 둘은 비슷한 뜻이기 때문에 하나만 쓰는 편이 좋다. "그 작품은 상투적임에도 불구하고 많은 사람이 열광한다"로 고쳐도 무방하다(불필요한 접사 '들'도 뺐다). 중복된 단어는 글을 늘어지게 만들고 가독성을 떨어뜨린다. 글에도 속도가 있는데 가능한 최단거리를 만드는 게 중요하다. 지루한 글을 끝까지 읽어줄 독자는 흔치 않다. 글을 쓸 때 예리한 감각은 필수다. 겹치는 어휘, 불필요한 접속어, 중복 표현, 애매한 지시어, 반복되는 조사는 가급석 사용하지 않는다. 이런 요소를 문장에서 삭제해야 장황해지지 않는다. 이럴 때만이 문장 길이가 짧아져 가독성이 좋은 글이 된다. 더 이상 지울 말이 없을 때까지 줄여보자.

　명문장의 조건 중에 간결체도 포함된다. 글의 핵심을 최대한 빠르게 전달하려면 어휘를 간결하게 줄인다. 『1분 감각』(위즈덤하우스, 2011)의 저자 사이토 다카시는 1분 안에 승부를 내지 못하면 이미 진 것이라고 했다. 중요한 내용을 1분 안에 전달하는 능력이 관건이다. 글도 마찬가지다. 글을 쓰고 퇴고할 때 동어 반복 체크가 중요하다. 그래야 군더더기 표현을 잡아낸다. 같은 단어나 뜻이 비슷한 말을 주의 깊게 살펴야 한다. 글도 팽팽한 긴장감이 있을 때 힘이 실리고 필력이 있다고 여겨진다. 동어 반복 습관을 고치려면 문학 필사가 좋다. 작가들은 최대한 같은 단어나 어휘를 쓰지 않기 위해 치열하게 매달린다.

소설가 이효석의 단편 「모밀꽃 필 무렵」의 다음 문장을 보면 겹치는 단어가 거의 없다는 사실을 알게 된다.

밤중을 지난 무렵인지 죽은 듯이 고요한 속에서 짐승 같은 달의 숨소리가 손에 잡힐 듯이 들리며 콩포기와 옥수수 잎새가 한층 달에 푸르게 젖었다. 산허리는 왼통 모밀밭이어서 피기 시작한 꽃이 소금을 뿌린 듯이 흐뭇한 달빛에 숨이 막혀 하얗다. 붉은 대궁이 향기같이 애잔하고 나귀들의 걸음도 시원하다.

이효석, 「모밀꽃 필 무렵」, 「한국단편문학선 1」, 민음사, 1998

「모밀꽃 필 무렵」은 장돌뱅이의 애환을 담고 있다. 묘사된 자연은 한 폭의 한국화다. 달 숨소리가 들릴 정도로 고요한 '모밀밭'을 허생원 일행이 지나가고 있는 장면이다. '소금을 뿌린 것처럼 하얀 모밀꽃'과 '붉은 대궁'은 대조를 이룬다. 짧은 문장이지만 여러 감각을 전해준다. '죽은 듯' '고요한' '숨소리'는 청각적 자극을 '하얀' '붉은'은 시각적 효과를 준다. '향기'는 후각적 여운을 남긴다. '달' '달빛' '숨소리' '숨'의 표현은 최대한 반복을 피하려고 쓴 어휘들이다. 단어를 어떻게 처리했는지 분석하면 간결한 문체를 연습하게 된다. 명문장에는 절제미가 있다.

필사의 궁극적 목적 중 하나는 자신의 문체 찾기다. 가수에게는 음색이 있고, 화가에게는 화풍이 있듯 작가에겐 문체가 있다. 카뮈, 헤밍웨이, 카프카, 박경리, 김훈에게는 '자기만의 문체'가 있다. 간결하거나, 유려하거나, 화려하거나, 무심한 문체도 있다. 아직 글을 많이 써보지 않은 초보자들은 자기 문체를 갖기가 쉽지 않다. 명문장을 베껴 쓰면서 치열하게 연습하면 훨씬 빠르게 자기만의 문체를 가질 때가 온다. 처음부터 무작정 쓰면 어렵다. 모방은 제2의 창조다. 문학평론가 이어령은 '꽃이 폈다'도 엄밀한 의미에서 동어 반복에 속한다고 했다. 꽃은 이미 폈다는 뜻을 내포하기 때문이다. '비가 온다' '기회는 찬스다'도 동어 반복이다. 자신이 쓴 글이 아까워도 빼서 문장이 연결되면 버려야 한다. 새로운 정보를 주지 않으면서 비슷한 의미만 나열하는 것은 무의미하다. 문학 필사로 동어 반복 습관을 없앤다. 필사하고 분석하면 어느덧 글쓰기 실력이 늘고 있음을 체감하게 된다.

김애란의 단편 소설 「칼자국」을 읽고 서평 수업에서 첨삭한 글이다.

나는 어머니가 해주는 음식과 함께 그 재료에 난 칼자국도 삼켰다는 문장이 섬뜩했다. 어떻게 이런 표현을 쓸 수 있는지 의아하다. 칼자국을 삼켰다는 말이 낯설다. 딸은 엄마가 해주는 음식을 먹으

며 엄마의 사랑의 맛을 봤으리라. 엄마가 해주는 음식을 먹고도 칼
자국을 삼켰다는 생각을 못 했는데 갑자기 엄마에게 미안한 감성이
들었다. 주인공의 엄마의 삶의 태도를 보면 유쾌한 사람이라는 생
각이 들었다. 항상 당차고 당당하고 자부심이 강한 엄마인 거 같다.
딸에 대한 사랑도 지극정성이 넘치는 엄마다.

동어 반복이 눈에 띈다. '어머니' '엄마'가 여덟 번 들어간다. '칼
자국을 삼켰다'라는 문장도 반복되고, '사랑'이라는 단어도 겹친다.
물론 똑같은 단어를 아예 쓰지 않을 수는 없겠지만 최대한 중복되
지 않게 주의를 기울여야 한다. 한 문단 안에도 예리한 검열이 필요
하다.
다음 「칼자국」의 일부를 보자.

나는 어머니가 해주는 음식과 함께 그 재료에 난 칼자국도 함께
삼켰다. 어두운 내 몸속에는 실로 무수한 칼자국이 새겨져 있다. 그
것은 혈관을 타고 다니며 나를 건드린다. 내게 어미가 아픈 것은 그
때문이다. 기관들이 다 아는 것이다. 나는 '가슴이 아프다'는 말을
물리적으로 이해한다.

김애란, 「칼자국」, 『침이 고인다』, 문학과지성사, 2007, 152쪽

김애란은 '어머니'를 '엄마' '어미'로 대체했다. 자꾸 어휘를 되풀이하면 글이 지루하고 긴장감이 사라진다. 동어 반복이 심하면 퇴고를 엄격하게 한다. 글을 쓰고 검열하는 과정은 필수다. 대작가도 쓴 글을 다시 읽고 거듭 고친다. 퇴고할 땐 모니터를 보면서 고치지 말고 꼭 인쇄해서 낭독해야 오문이 잘 보인다.

소설가 황석영은 한 포털사이트 '지식인의 서재'라는 코너에서 "지금도 생각만 해놓고 못 쓰고 있는 작품이 굉장히 많아요. 쓰고 싶은 작품의 반도 못 한 것 같아요. 원칙은 동어 반복을 하지 않으려고 합니다. 매번 전혀 다른 방식, 다른 소재, 다른 주제로 작품 발표를 하고 싶어요"라고 했다. 작품조차 반복을 하지 않겠다는 작가 정신이 돋보이는 인터뷰다.

04

어휘력이 부족해요

질문 | 전 어휘력이 부족해요. 글을 쓸 때 어휘가 너무 평범해서 글이 밋밋하다는 생각이 들어요. 글을 밀도 있게 탄탄하게 쓰고 싶은데 사용하는 어휘가 빈약해 쉽지 않네요. 글 분량을 늘리면 어휘력 때문인지 쓴 말을 또 쓴 것 같아 지루하게 읽혀요. 단어뿐만 아니고 서술어 처리, 다른 문구도 돋보이게 구사하고 싶은데 어휘가 잘 떠오르지 않아요. 적재적소에 세련된 표현을 넣어 쓰고 싶은데 말이죠.

막상 글을 쓰려고 하면 "아…… 그 말이 뭐였더라" 하며 어휘가 떠오르지 않아 애를 먹은 경험이 있을 것이다. 사고나 감정, 상황을 알맞게 표현하고 싶은데 알고 있는 어휘가 한정되어 있는 경우에는 그렇다. 늘 사용하는 어휘만을 반복적으로 사용한 결과다. 어휘력이 부족한 글은 긴장감이 떨어지고 헐거워 보인다. 글에 힘도 없고, 개성도 드러나지 않아 밋밋하다. 탄력 있고 속도감 느끼게 쓰려면 풍부한 어휘력은 익혀야 할 기본기다. 글은 읽는 이의 마음을 사로잡아야 한다. 매력적인 글을 쓰고 싶다면 풍부한 어휘가 담긴 문장을 필사하면 좋다.

『유시민의 글쓰기 특강』(생각의길, 2015)을 보면 생활 글쓰기는 누구나 쉽게 할 수 있다고 한다. 유시민은 정확한 어휘와 훌륭한 문장으로 된 책을 거듭거듭 읽기를 권했다. 그러한 책을 반복해 읽으면 어휘, 문장, 서로 어울리는 단어들을 인식하게 된다. 어휘력을 늘리려면 표현력이 풍부한 문학 필사가 최고다. 세계 문학도 좋지만 한국 문학을 추천한다. 한국 문학으론 박경리, 박완서, 김승옥, 김훈, 성석제, 김애란의 작품이 좋다. 박완서 단편「그리움을 위하여」를 살펴보자.

혈색 없는 얼굴에 푸석한 부기까지 나타났다. 안 되겠다 싶어 심각하게 따져 물었더니 옥탑방의 더위는 밤에도 화덕 속 같다는 것이었다. 선풍기를 두 대나 틀어놓고 자는데도 환장하게 더위서 러닝셔츠를 물에 담갔다가 대강 짜서 입고 자면 그게 마르는 동안은 좀 견딜 만해서 잠을 청할 수가 있는데 아침에 일어나면 머리가 무겁고 기운이 하나도 없다고 했다. 젖은 옷을 입고 잔다는 소리는 충격적이었다.

박완서, 「그리움을 위하여」, 『친절한 복희씨』, 문학과지성사, 2007, 19쪽

단편 「그리움을 위하여」는 노년의 삶을 보여준다. 화자의 사촌 여동생은 옥탑방에서 여름을 나야 하는 처지다. '덥다'라는 상황을 다양한 어휘로 표현해 동생이 더운 여름을 어떻게 보내고 있는지 상상하게 만든다. 글을 분석하면 동생 얼굴을 '혈색 없는' '푸석한 부기'로 표현했다. 더위에 지쳐 보이는 얼굴을 묘사한 어휘다. 옥탑방의 모습을 '선풍기 두 대' '화덕 속'으로 언급했다. 푹푹 찌는 옥탑방이 유추된다. 마지막으로는 더위를 '환장하다'와 러닝셔츠를 입고 자면 그게 '마른다'라고 썼다. 젖은 셔츠가 마르는 상황은 가히 '화덕 속 같다'와 딱 들어맞는다. 다섯 줄 정도의 짧은 글에 겹치는 단어는 없다. 삼복더위에 지친 여동생을 구구절절 설명하지 않아도 짐짓 그 고통이 느껴진다. 중복 어휘를 피하기 위해 고심을 거듭한 흔적이 엿보인다. 작가들에게 어휘는 생명과도 같다.

문학평론가 신형철은 "문학(글쓰기)의 근원적인 욕망 중 하나는 정확해지고 싶다는 욕망이다. 그래서 훌륭한 작가들은 정확한 문장을 쓴다. 문법적으로 틀린 데가 없는 문장을 말하는 것이 아니다.

말하고자 하는 바의 본질에 가장 가까이 접근하는 데 성공했기 때문에 다른 문장으로 대체될 수 없는 문장을 말한다"(『정확한 사랑의 실험』, 마음산책, 2014, 27쪽). 맴도는 생각을 정확한 어휘로 표현하고 싶다는 욕망은 작가만 하는 것이 아니다. 글을 쓸 때 사전을 찾아가며 쓰고 지우고를 반복해도 썩 마음에 들지 않았던 경험이 있을 것이다. 또 말하고 싶은 점을 최대한 표현했는지 의문일 때도 많다. 대부분 글쓰기 초보자들은 어휘력이 부족하다고 하소연한다. 동그란 원을 그리고 싶은데 타원을 그렸다면 만족하지 못할 것이다. 글도 마찬가지다. 표현하고 싶은 생각을 근사치에 가까운 어휘로 정확하게 썼을 때 만족감이 충족된다.

박경리의 『토지』 1권은 꼭 필사하길 추천한다. 『토지』는 수려한 우리말이 담긴 창고다. 경상남도 사투리를 비롯해 각종 속담, 풍속어 등이 들어 있다. 한말의 몰락에서 일제 강점기를 거쳐 새로운 시대에 이르는 과정을 다뤘다. 지주 계층이었던 최 참판댁의 가족사를 중심으로 당시 상황을 폭넓게 다룬 대하소설로 총5부작이다. 소설에는 수많은 등장인물, 사건, 장소가 등장한다. 『토지사전』(임우기 엮음, 솔출판사, 1997)이 따로 출간될 만큼 『토지』는 그야말로 어휘의 바다다. 『토지사전』에는 어휘(2,515개), 속담(438개), 관용구, 풍속과 제도(179개), 역사적 인물(100명), 사건(130건) 등이 기록되어 있다. 『토지』 1권의 앞부분을 보자.

빠른 장단의 꽹과리 소리, 느린 장단의 둔중한 여음으로 울려 퍼지는 징소리는 타작마당과 거리가 먼 최 참판댁 사랑에서는 흐느낌같이 슬프게 들려온다. 농부들은 지금 꽃 달린 고깔을 흔들면서 신명을 내고 괴롭고 한스러운 일상日常을 잊으며 굿놀이에 열중하고 있을 것이다. 최 참판댁에 섭섭잖게 전곡錢穀이 나갔고, 풍년에는 미치지 못했으나 실한 평작임엔 틀림이 없을 것인즉 모처럼 허리끈을 풀어놓고 쌀밥에 식구들은 배를 두드렸을 테니 하루의 근심은 잊을 만했을 것이다.

박경리, 「토지」 1권, 나남출판, 2006, 40쪽

1897년 한가위, 최 참판댁을 묘사했다. 한가위는 한민족의 대표적인 명절이다. 1년 중 풍성함의 결정체인 날이다. 최 참판댁 상황도 전곡이 나갔다는 표현으로 설명했다. 전곡은 돈과 곡식을 뜻한다. 예전만 못하지만 풍성한 날을 즐기는 모습이 보인다. 그런데 잘 들여다보면 대비되는 어휘들이 팽팽하게 서술되어 있음이 보인다. '빠른 장단'과 '느린 장단', '꽹과리와 징소리'와 '흐느낌같이 슬프게', '타작마당'과 '최 참판댁 사랑', '꽃 달린 고깔'과 '한스러운 일상'이 대비된다. 오늘 하루는 쌀밥에 허리끈을 풀어놓고 밥을 먹겠지만 나머지 364일의 근심 걱정이 예상되는 장면이다. 또한 "최 참판댁 사랑에서는 흐느낌같이 슬프게 들려온다"에서는 앞으로 펼쳐질 최 참판댁의 앞날이 예감된다. 박경리는 한민족의 힘든 생을 글로 표현하기 위해 고독하게 썼다. 『토지』를 필사하면 한국어의 깊이를 알게 되고, 문장들의 향연을 경험한다. 혼신의 힘을 다해 쓴 작가의 찬란한 어휘를 만나게 될 것이다.

　글쓰기는 어휘력의 결과물이다. 문장을 구사할 때 풍부한 어휘력은 글을 수준 높게 만들어준다. 독자들은 진부한 글을 좋아하지 않는다. 읽으면서 사고가 깨지는 글을 선호한다. '어, 이런 표현은 처음 보네'라는 느낌을 주는 글이 매력적이다. 어휘력은 하루아침에 늘지 않는다. 하루하루 정직하게 필사할 때만이 자신도 모르는 사이 어휘를 축적하게 된다. 고급 어휘, 풍성한 단어를 구사하고 싶다면 꼭 한국 문학을 필사하길 추천한다. 풍부한 어휘력은 글 쓰는 사람에게 숨겨놓은 보물 창고다.

05

논리가 부족해요

질문 | 글을 쓸 때마다 논리가 부족하다는 생각에 자신감이 상실됩니다. 제가 봐도 앞뒤가 안 맞고 무슨 이야기를 하려는지 모를 때가 많아요. 지금까지 웹에 쓴 글이 꽤 되는데 전부 비공개로 올린 것도 그 때문이에요. 머릿속으로는 떠오르는데 어떻게 논리 정연하게 풀어가야 할지 막막해요. 책을 보면 공감가게 쓰기가 어렵지도 않은 것 같은데 막상 쓰면 논리를 세우기가 너무 어려워요. 사람들이 공감하는 글을 쓰고 싶어요. 어떻게 써야 할까요?

남보다 내가 먼저 느끼는 글쓰기 약점 중 하나는 논리 부족이다. 글쓰기 초심자 시기를 어느 정도 벗어나면 논리와 밀도를 보게 되는데 구체적인 방법이 마땅치 않아 고민한다. 논리 탄탄, 밀도 높은 글은 한번에 알아보지만 막상 내 글에 반영하려면 잘 풀리지 않는다. 논리가 부족하다는 말은 인과 관계에 다소 둔하다는 뜻이기도 하다. 원인과 결과 관계를 예민하게 인지하지 못하는 경우다. 이런 고민을 앓고 있는 이 중 문학이나 에세이 애호가가 엿보이는 것도 주목할 만한 점이다. 모두가 그런 것은 아니나, 강력한 논리를 요하는 글을 선호하지 않거나 그런 분야 책과 친하지 않은 독자일 확률도 높다. 대표적인 분야가 바로 인문, 사회, 정치다. 재미없다, 건조하다, 피곤하다는 생각에 가까이하지 않는 이가 많다. 어떤 책부터 읽어야 할지 갈피조차 잡기 어렵다. 근처에도 안 가본 분야라 멀게만 느껴진다.

이럴 때 국내 저자들의 책부터 가까이해보면 좋겠다. 한국 상황을 명료하게 진단하고, 명쾌한 논리로 날카롭게 풀어간 글을 읽다 보면 논리의 힘을 느낄 수 있다. 대표적인 저자 중 『모멸감』을 쓴 김찬호의 글을 만나보자. '굴욕과 존엄의 감정사회학'이라는 부제를 단 이 책은 저자가 오랜 시간 붙들고 있던 '모멸감'이라는 화두를 풀어 쓴 책으로, 한국 사회 기저에 깔린 정서의 역사와 현재를 세심히 들여다본다. 여러 예시를 끌고 와 주장을 풀어가는 집중력이 돋보이는 책이다. 본문을 살펴보자.

모욕은 적나라하게 가해지는 공격적인 언행에 가깝고, 경멸 또는 멸시는 은연중에 무시하고 깔보는 태도에 가깝다. 모욕에는 적대적인 의도가 강하게 깔려 있는 반면, 경멸에는 그것이 분명하지 않을 수도 있다. 아무 생각 없이 모욕하기란 어려운 일이지만, 무심코 경멸하는 것은 흔히 있는 일이다. 모멸은 후자의 가능성까지 포함한다. 그런 의미에서 모멸은 수치심을 일으키는 최악의 방아쇠라고 할 수 있다. 모욕감과 모멸감도 그러한 차이에 병행하여 대비를 이룬다. 모욕감을 느낄 경우, 그 감정을 유발한 사람을 분명하게 지목할 수 있다. 반면에 모멸감은 누군가가 나를 직접 모욕하지 않았다 해도 느낄 수 있다. 또는 어떤 상황 자체가 모멸감을 불러일으킬 수도 있다.

김찬호, 「모멸감」, 문학과지성사, 2015, 67쪽

내용 파악만 하고 넘어가기는 아쉬운, 학습 포인트가 많은 문단이다. 분량이나 완성도 면에서 필사하기 좋은 예다. 논리적 전개력이 돋보이는 부분이기도 하다. 저자는 결코 '단언'하지 않는다. "가깝다" "않을 수도 있다" "할 수 있다" "불러일으킬 수도 있다" 등의 표현으로 객관성을 유지하려 한다. 자신과 다른 시선도 있을 수 있음을 고려하는 태도다. 공감을 얻은 비결 중 하나는 이러한 거리 두기다. 적당한 거리 두기는 자연스레 설득력을 동반한다. "모욕은 ~

에 가깝고, 경멸 또는 멸시는 ~에 가깝다"로 1차 거리두기. 이에 이어 "모욕에는 …… 않을 수도 있다"로 2차 거리 두기에 성공한다. 물론, 이 두 문장의 관계는 밀접하다. 좀 더 구체화하고, 심도 깊게 진행되는 두 번째 문장에서 주장은 더욱 명확해진다. 이어 세 번째 문장 "아무 …… 일이다"와 네 번째 문장 "모멸은 …… 포함한다"는 1, 2번 문장을 좀 더 명쾌하게 정리해주는 표현으로 말하고자 하는 점을 분명히 매듭짓는다. 이어지는 문장들은 "~수 있다"라는 서술부에 의해 다양한 해석을 내비치면서도, 강요하지 않는 거리 두기로 독자의 시야를 확대한다. 이 부분을 읽은 독자라면 평소 하던 생각이 정리되는 느낌을 받기도, 새롭게 알게 된 부분에 밑줄을 긋기도 한다. 저자의 생각과 같지 않더라도 반발심이 들지는 않는다. 자신의 관점만이 맞는다는 식의 일반화, 합리화의 오류를 저지르지 않기 때문이다. 호감을 느끼지 않는 독자라도 '저렇게 생각할 수도 있구나'라며 읽게 된다. 공감과 설득은 글 쓰는 사람들의 꿈 중 하나지만 실현하기 어렵다.

논리 부족으로 고민한다면 『모멸감』 같은 사회, 정치 분야의 양서를 정독하고 필사하며 부족한 빈틈을 메워보면 어떨까? 책 전체가 아닌 일부, 다섯 줄 내외 부분을 옮겨 적고 작문하며 논리력을 쌓아보는 것도 좋다. 팩트로 단단히 엮인 신문 기사, 명쾌한 주장이 빛나는 칼럼을 필사하는 것도 부족한 논리 틈을 채워준다. 한 편의 글이 어떤 방향으로 흘러가는지, 어떤 전개 방식을 취하고 있는지, 어떤 면에서 공감을 일으키는지를 정확히 관찰하는 것이 중요하다. 관찰은 분석의 또 다른 말이므로, 관찰 후 기록 습관은 필수다. 내가 무엇을 어떻게 왜 그렇게 관찰했는가를 기록하는 것은 정체성을 구체화하고 건강한 자아상을 만드는 과정이다. 페터 비에리의 표현에 따르면 이러한 관찰과 기록은 '자기 결정'일 수 있다.

외국 작가들이 쓴 인문, 사회, 정치 분야 책도 찾아볼 필요가 있다. 우리말로 쓰이지 않았으나 원문의 힘, 번역 완성도만 갖춰졌다면 필사 책으로 손색없다. 영화 〈리스본행 야간열차〉의 동명 원작을 쓴 페터 비에리의 인문 에세이 『자기 결정』도 좋은 예다. 저자는 존엄성을 지키는 삶의 방식으로 '자기 결정'을 꼽는다. 저자가 말하는 자기 결정이란 '자신이 어떤 사람인지 파악하는 자기 인식을 바탕으로 다른 이와 어떻게 관계를 맺을지, 스스로 어떤 신념을 갖고 살아갈지를 결정하고 행동으로 옮기는 과정'이다. 페터 비에리가 자기 결정이라는 화두를 풀어가는 방식을 살펴보자.

자신의 삶을 결정하고 명확한 정체성을 추구한다는 의미에서 삶을 변화시키는 데에 독서보다 좀더 큰 역할을 하는 것은 이야기를 직접 쓰는 것입니다. 하나의 이야기는 무의식의 판타지라는 깊은 기저에서 온 것일 때라야만 읽는 사람을 사로잡는 큰 매력을 지닐 수 있습니다. 더불어 이야기를 쓰는 사람은 내적 검열의 경계를 느슨히 하고 평소라면 무언의 어둠 속에서부터 경험을 물들이던 것을 언어로 나타내야 합니다. 이것은 거대한 내적 변화를 의미할 수 있습니다. 소설 한 편을 쓰고 나면 그 사람은 더 이상 이전의 그와 완전히 똑같은 사람이 아닌 것입니다.

페터 비에리, 『자기 결정』, 문항심 옮김, 은행나무, 2015, 29쪽

저자는 이야기 쓰기, 즉 소설을 써야 하는 이유를 위와 같이 전개한다. 하나의 이야기를 정의하고, 이야기 쓰는 사람의 의무를 말한다. 이어 이 행위의 의미를 정의하고, 주장을 밀고 나간다. 이 일련의 과정, 흐름이 자연스럽게 펼쳐져 공감을 준다. 정확히 읽어야 할 부분이다. 논리를 세울 수 없어, 논리 부족으로 고민한다면 인문, 사회, 정치 분야 양서 정독과 필사는 피할 수 없는 일이다. 칼럼니스트의 글을 읽고 분석하고 옮겨 적고 정리해본다. 몇 예를 보며 좀 더 깊이 들여다보자. 각 문장의 촘촘한 연결 고리를 살펴보자.

정부 내에도 '아무리 인도적 지원이라지만 정치 상황을 무시할 수 없다'는 기류가 있다고 한다. 하지만 원칙적으로 이런 인식은 논리적 모순이다. '인도적 지원Humanitarian Aid'이란 개념은 천재天災나 인재人災로 고통받는 취약계층에 대한 지원이라는 측면도 있지만,

그 자체로 '정치적 상황에 대한 고려를 배제한다'는 뜻이 담겨 있다고 봐야 한다. 정치 상황을 고려해 지원한다면 그것은 '정치적 지원'이지 '인도적 지원'은 아니기 때문이다. 인도적 지원은 그 대상이 누구든, 대한민국 국민인 우리가 '측은지심을 지닌 존엄한 인간'임을 증명하는 행위라는 측면에서 바라봐야지, 북한 주민이 동족이어서 지원한다든지 남북관계 개선을 위한 수단으로 활용한다는 생각에서 출발하는 건 적절치 않다. 북한 주민이든 그 누구든 필요하다고 판단되고 재정적 여력이 있으면 해야 할 일이다. 시점을 포함해 정부의 신중하고도 당당한 결정을 기대한다.

「인도적 지원 결정에 정치상황은 고려 말아야」, 연합뉴스 '연합시론', 2017. 9. 14

문장 간 연결이 자연스럽다. 최소한의 접속사로 인과를 이어가며 논리를 전개한다. '연합시론'에서 종종 볼 수 있는 칼럼 예다.

북학파가 내건 기치는 이랬다. 법고창신法古創新, 옛것을 본받되 새롭게 만들라. 서양은 물론이거니와 되놈도 왜놈도 부국강병으로 치닫는데 조선만 상거지 꼴이니 개혁과 개방이 필요하다고 그들은 믿었다. 그런데 1800년 북학파 주장을 인정했던 정조가 급사했다. 이후 북학파는 돌연변이 정도 취급 받았다. 박지원은 1805년 재동에서 죽었다. 박지원의 아들 박종채가 회고했다. "선친 문집을 발

간하려다가 내용에 놀라 준비를 멈춰버렸다." 당대에 공개하기에
는 북학파의 주장이 불온했다는 뜻이다.

박종인, 「흰 소나무는 보았다, 주인 잃은 집터와 나라를」,

《조선일보》 '박종인의 땅의 歷史', 2017. 8. 24

'그런데' '이후'라는 연결어로 논리를 끌어나간다. 문장은 간결하
고 뜻은 분명하며 주장은 단단하다. 적당한 팩트와 인용으로 신뢰
를 더한다.

06

정확하게 쓰고 싶어요

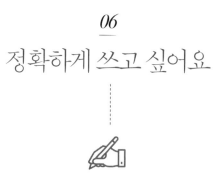

질문 | 제 글이 정확히 읽히기를 바라는데요. 제가 쓴 뜻과 다르게 읽는 사람을 볼 때 좌절감을 느낍니다. 다시 읽어도 어느 부분에서 그런 느낌을 받았는지 잘 보이지 않아요. 다른 사람 글은 잘 보이는데, 제 글을 보기가 어렵네요. 저는 오해 없는 글을 쓰고 싶습니다. 제 말이 왜곡되지 않았으면 좋겠어요. 어떻게 하면 제가 좋아하는 작가들처럼 하고 싶은 말을 정확하게 쓸 수 있을까요.

누구나 정확히 쓰고 싶어 한다. 자신의 글이 여러 시각으로, 새롭게 읽히길 바라는 이를 소설가나 시로 한정해보면 어떨까? 단순 명료하게 읽혀야 하는 기자와는 분명 다른 입장이다. 그중 김훈은 '정확히 읽히기를 원하는' 작가로 꼽을 만하다.

그는 숫자와 명칭을 동원해 오해를 경계하고, 상상을 배제한다. 김훈의 글을 지지하는가 그렇지 않은가는 각자의 몫이지만 정확성에 근거해 쓰려는 의지는 누구에게나 읽힌다. 이러한 태도가 얼마나 문학적 완성도를 담보하는가에 대한 평가는 유보하더라도, 눈앞에 펼쳐지듯 생생하다는 소감만은 크게 다르지 않다. 기자 출신의 작가군 특징이다.

글쓰기 초보자의 경우 자신의 글이 어떻게 읽힐지 고민하게 된다. 성장, 경험, 수준에 따라 차이는 있으나 '형편없게 보이면' '틀린 부분이 들키면' '다른 뜻으로 읽히면'이라는 두려움에서 자유롭지 않다. 특히 좋지 않은 평가를 받았던 경험이 있다면 더욱 편치 않다. 고치기도 하고, 좀 더 정확히 쓰려고 애쓴다. 그러다 결국 비공개로 하거나 마무리 짓지 못하는 경우가 태반이다. '다른 사람 글이나 읽자'로 돌아가지만 해소되지 않은 무언가로 답답함을 느낀다. 어떻게 하면 정확히 하고 싶은 말을 할 수 있을까?

여기서 '정확히'란 조금 더 자세히 들여다볼 필요가 있는 표현이다. 필자 기준의 정확성과 독자 기준의 정확성은 다를 수 있다. 필자는 자신의 감정과 생각을 세밀하고 정확히 표현하고 싶어 한다. 독자는 좀 더 쉽게 '자기 기준에서' 잘 이해하고 싶어 한다. "단숨에 읽었다"라는 흔한 표현은 철저히 독자 한 명의 기준에서 이루어진 평이다. 자신의 지식 체계, 감정 층위에 부딪히는 바 없이 단숨에 읽어 내려갈 수 있는 글이었기에 반갑고, 가독성이 좋다고 말한다. 그러나 필자가 원하는 대로 정확히 읽어나갔는지는 미지수다. 필자와 독자 사이의 간격은 오랜 대화, 토론 끝에서나 발견할 수 있는 문제다. 실은 글쓴이 또한 의도치 않게 쓴 표현 앞에서 난감해질 때가 많기 때문이다.

첫째 기준인 '필자 중심'에서 정확히, 즉 자신의 감정과 생각을 정확히 표현하고 싶다면, 좋은 예를 찾아야 한다. 책을 읽으면서 "어떻게 내 생각을 이렇게 구체적으로 표현해줬을까!"라며 감탄하는 순간이 있다. 작가가 쓴 어휘, 문장, 표현법에 놀라며 사람의 감정을 이처럼 잘 이해한다는 데에 경의를 표하게 된다. 그럴 때 만난 문단, 작품을 기록하고 관찰하는 습관은 정확하게 잘 쓸 수 있는 비결 중 하나다. 그런 문단은 소설의 일부일 가능성이 높지만 비문학에서도 어렵지 않게 찾을 수 있다.

그는 미장이니 목수니 하는 사람들보다 더 가난하게 살았다. 일은 더 열심히 했다. 대개의 사람들이 생활을 품위 있고 아름답게 해준다고 생각하는 그런 것들에는 전혀 관심이 없었다. 돈에도 무관심했다. 명성도 안중에 없었다. 우리들 같으면 대체로 세상일에 적당히 타협하고 말지만 그는 그러한 유혹에 조금도 꺾이지 않는

데, 그렇다고 그를 칭찬할 수는 없다. 그는 그런 유혹조차 느끼지 못했다. 타협이란 것이 가능하다는 사실조차 생각하지 못했다. 파리에 살면서도 그는 테베 사막에 사는 은자보다 더 고독했다. 그가 친구들에게 바란 것은 오직 자기를 혼자 있게 내버려두라는 것이었다. 그는 자신이 지향하는 것에 온 마음을 쏟아부었다. 그것을 추구하기 위해 그는 자신뿐만 아니라 남들까지 희생시켰다(자기희생 쯤이야 많은 사람들이 하지만). 그에게는 비전이 있었다. 스트릭랜드는 불쾌감을 주는 사람이긴 했지만, 나는 지금도 그가 위대한 인간이었다고 생각한다.

서머싯 몸, 『달과 6펜스』, 송무 옮김, 민음사, 2000, 221쪽

　화가 폴 고갱의 삶에서 영감을 받아 쓴 영국 작가 서머싯 몸의 소설 『달과 6펜스』의 문단 중 하나다. 작가는 주인공 스트릭랜드의 성격을 다각도로 표현한다. 오해의 여지, 왜곡의 가능성을 허락하지 않은 단문으로 정확하게 접근한다는 인상을 준다. 약간의 은유적 비평 "은자보다 더 고독했다"는 사실, "자기를 혼자 있게 내버려두라는 것이었다"와 같은 화자의 생각, "위대한 인간이었다고 생각" 등 다양한 관점을 혼재해 캐릭터를 정확하게 묘사하려 애를 쓴 문단이다. 이어 다른 작품도 보자.

진심을 말할 때, 선배의 목소리는 언제나 조금씩 떨렸다. 선배는 말할 때 감정이 배어나오는 나약한 습관을 고치고 싶다고 말했었다. 마음이 약해질 때 목소리가 떨리는 버릇, 사람들과 잘 섞이지 못하는 성격, 느리게 걷고 느리게 먹고 느리게 읽는 기질, 둔한 운동신경, 사람들의 말과 행동에서 백 가지 의미를 찾아내 되새김질하는 예민함 같은 것들을 선배는 부끄러워했다. 그런 약점들을 이겨내고 새로운 사람이 되어야 한다는 말을 하기도 했다. 선배가 생각했던 자신의 장점이 무엇인지는 모르지만, 나는 선배가 스스로 약점이라고 여겼던 것들을 사랑했고, 무엇보다도 그것들 덕분에 자주 웃었다.

최은영, 「먼 곳에서 온 노래」, 『쇼코의 미소』, 문학동네, 2016, 201쪽

최은영 단편의 한 부분으로 선배의 행동을 묘사하고 있다. 덕분에 독자는 어렵지 않게 한 인물을 떠올리게 된다. 소설이 제시한 단 몇 힌트만으로도 한 인물의 생애까지 짐작하게 된다. 이러한 성향, 행동을 가진 이라면 처했을 법한 여러 상황도 헤아리게 된다. 물론 상상력 풍부한, 섬세한 독자에게만 허락되는 읽기의 즐거움일 수 있다. 정확히 표현하기를 돕는 필사문 찾기란 어려운 일은 아니다.

필자 입장에서 정확히 쓰기가 중요한 이유는 여럿이지만 '자신감' '떳떳함'의 문제와도 무관하지 않다는 사실도 짚어야 한다. 다

른 사람을 설득하기 이전에 내 글에 담긴 생각이 정확히 정리되었다는 감정은 자신감이다. 또 다른 의미에서의 떳떳함일 수 있다. 덜 부끄럽게 내 글을 공개할 수 있는 힘이다. 정확하게 쓰기를 갈망하는 이유다.

둘째 기준인 '독자 입장에서 정확히 쓰기'는 왜 중요한가? 그것은 이해력, 독해력에 대한 욕망이다. 독자는 우선 필자가 어떤 심정으로, 경험으로, 생각으로 이런 글을 썼는지 정확히 읽어내고 싶어한다. 그리하여 소통에 이르길 원한다. 작가와 잘 소통한 독자는 자신 있게 이 책을 추천하기도 하고 서평을 쓰기도 한다. '내가 잘 이해했다'는 확신은 매우 중요하다. 독서 모임 현장에 온 상당수는 "내가 제대로 이해했는지 모르겠다" "내 식대로 읽은 것 같아 다시 읽어야겠다"라는 말을 한다. 이는 정확히 읽지 못했다는 자괴감의 증거이기도 하다. 물론 그 판단의 주체는 타인이 아니라 '나'다. 다른 사람이 비난하지 않아도 스스로 느끼는 감정이니 글쓰기를 가로막는 실제적인 장애물이기도 하다. 정확히 읽지 못했다는 생각은 정확히 쓰기의 족쇄가 되기도 한다. "잘 읽힌다" "술술 넘어간다" "빠져들어 읽었다"는 반응을 보이고 싶지만, 정확히 읽지 못했기에 나서지 못한다. 이런 경험이 쌓이면 점점 책과 멀어진다. 어렵고, 낯설고, 맞지 않는다는 생각 때문이다.

독자의 눈을 사로잡기 위해서가 아니라 정확히 읽히기 위해 필사 연습은 매우 중요하다. 다의적 해석을 경계하고, 다시 읽어야 하는 수고로움 없이, 단숨에 읽히는 글을 향해 나아가길 원한다면 육하원칙으로 쓰인 신문 기사도 필사 대상으로 좋다. 아래는 숫자 활용 기사다. 오해 없이 쓸 때 참고하는 예 중 하나다.

조사 대상 학생의 스마트폰 사용 현황을 설문 조사한 결과 전체의 86.5%가 스마트폰을 가지고 있다고 답했으며, 여학생만 놓고 보면 90.4%가 보유했다. 스마트폰으로 가장 많이 하는 것은 '음악 감상 및 동영상 시청'이라는 답변이 47.9%로 가장 많았고, 게임을 한다는 답변은 29.9%로 그 뒤를 이었다. 나머지는 SNS 이용 12.7%, 통화 이용 4.7%, 정보검색 4.5%라고 답했으며, 가장 낮은 비율은 학습자료 다운로드로 전체의 0.3%에 불과했다.

「초등고학년 10명중 1명 스마트폰 중독 위험⋯여학생이 더 심각」, 연합뉴스, 2017. 9. 27

07

자연스럽게 쓰고 싶어요

질문 │ 제 글은 자연스럽다는 느낌이 안 들어요. 뭔가 부자연스러워서 억지스럽고 경직된 것 같아요. 무엇 때문에 그런지는 모르겠지만, 물 흐르듯 자연스러운 글이 아니라 읽기 편하지 않아요. 저는 자연스러운 글 읽기를 좋아하는데, 막상 쓰려면 왜 그렇게 안 되는지 모르겠어요. 일상을 쓰는 소소한 글도 마찬가지예요. 제가 독자라고 해도 잘 읽히진 않을 것 같아요. 어디서부터 어떻게 고쳐야 할지 모르겠어요.

대형 서점 베스트셀러 코너에 가보자. 사람들이 찾는 책이 즐비하다. 표지만 봐도 무슨 이야기를 하려는지 드러나는 책도, 내용이 궁금한 책도 있다. 분야, 작가도 다양하지만 공통점은 있다. 바로, 자연스럽게 읽히는 글이라는 점. 저마다 선호하는 문체는 다르지만 자연스럽게 읽히는 글을 원하는 욕망은 같다. 읽고 싶은 글도, 쓰고 싶은 글도 자연스러운 글이 아닐까. 그러나 막상 쓰려면 쉽지 않다. 그 흔한 '물 흐르듯 읽히는' 글은 어찌 써야 하나 막막하다. 물론, 읽는 이에 따라 물 흐르듯 자연스레 읽히는 기준은 다르다. 누군가는 몇 번을 읽어야 한다는 글도 내 기준에서는 단숨에 읽힐 수 있다. 익숙한 문맥, 배경지식, 어휘, 정서 등의 차이 때문이다. 하지만 오랜 시간 꾸준히 읽히는 데다 호평받는 책이라면 '보편적 자연스러움'을 확보한 경우가 많다. 한때의 인기가 아닌, 근본적 가치를 짚는 책일 수 있다. 가독성 면에서도 믿을 만하다. 아무리 중요한 내용을 다룬다 해도, 읽히지 않는다면 생존하기 쉽지 않을 것이다. 가독성이 작품성이나 인기를 담보하는 것은 아니지만 잘 쓴 글의 주요 기준점은 될 수 있다.

그런 글부터 모아 읽어보면 어떨까. 오랜 시간 꾸준히 읽히며, 신뢰받는 자연스러운 글의 흐름과 유형과 방향을 살펴보기. 이는 자연스러운 글로 가는 친절한 길이다. 말하듯 편안히 자연스레 읽히는 글이라면 에세이 분야가 가장 어울린다. 마치 수다 떨듯 편안하게 자기 이야기를 풀어놓는 작가가 많다. 스테디셀러로 꾸준히 읽히는 에세이, 평소 좋아했던 작가의 에세이를 살펴보기를 추천한다.

소설가 김중혁 산문집 『뭐라도 되겠지』도 자연스럽게 읽히는 글의 예다. '호기심과 편애로 만드는 특별한 세상'이라는 부제답게 일상을 조곤조곤 들려주는 편안한 에세이다. 김중혁이 어떤 작가인지 전혀 알지 못하는 독자라도 수월히 읽을 수 있는 친절한 글이다. 보통의 산문이 그렇듯 이 책 역시 여러 개의 글감을 총 여섯 개 장에 나누어 담았다. 제목만으로도 눈길을 끄는 「버티다 보면 뭐라도 되겠지」, 어떤 내용일지 궁금한 「6백만 불의 '귀' 사나이」, 읽기도 전에 위로를 주는 「우리는 모두 외로운 라디오」 「낭비해도 괜찮아」 등 매력적인 제목이 눈에 띈다. 본문으로 들어가 물 흐르듯 읽히는 김중혁의 글을 만나보자.

소설을 쓰기 위해서는 낭비해도 괜찮다는 신념이 필요하다. 인생을 낭비해도 괜찮다면, 시간을 낭비해도 괜찮다면, 종이를 낭비해도 괜찮다면, 코앞에 목적지가 보여도 돌아갈 마음이 있다면, 소설을 써도 상관없을 것이다. 낭비를 낭비로 느낀다면 곤란하다. 10년 후, 누군가에게 복수의 칼을 내밀지 모른다. 피 같은 시간에, 금쪽같은 나이에, 허무맹랑한 이야기나 생각하면서 세상에 있지도 않은 인간을 상상하고 있다니, 낭비도 이런 낭비가 없다. 나로 말할 것 같으면 어렸을 때부터 낭비를 생활화해왔다.

김중혁, 「뭐라도 되겠지」, 마음산책, 2011, 38쪽

단번에 쭉 읽히는 데다 글맛도 진해 입에 척척 달라붙는다. 작가의 육성이 지원되는 듯한 느낌을 주는 글이다. 자기 이야기를 풀어 놓는 편안한 태도, 꾸미지 않겠다는 각오, 하고 싶은 말은 하고야 말겠다는 의지가 글을 힘차게 전진시킨다. 우물쭈물하거나 횡설수설하는 일 없이 단도직입적이며, 직진 주행으로 걸어 나가는 차분함도 읽힌다. 친구 속마음을 듣는 기분까지 주니, 불편할 리 없다. 필사 후 작문까지 해보면 내 이야기 풀어내는 좋은 연습이 된다.

08

명쾌하게 쓰고 싶어요

질문 | 머릿속 가득한 생각을 글로 쓰고 싶은데 막상 해보면 정리가 잘 되지 않고 뒤죽박죽 섞여서 나와요. 생각은 명쾌한데 막상 글로 쓰면 생각과 일치되지 않는 결과를 보게 돼 답답합니다. 왜 전달하고 싶은 내용과 글이 일치하지 않을까요? 짧게 써도 명쾌하게 쓰고 싶어요. 근데 쓴 글을 보면 늘어지고 핵심 내용이 잘 표현되어 있지 않아요. 이럴 땐 어떤 필사를 하면 좋을까요?

　글은 명쾌하고 시원시원하게 써야 한다. A는 A라고 전달되어야 한다. 그러나 전하고 싶은 내용은 A이지만 A′, 심지어 B로 전달되는 경우도 많다. 명쾌함이 부족해서일까? 아리스토텔레스는 "문장의 제1요건은 명료함이다"라고 했다. 한 점의 의심도 없이 쓸 때 문장이 명료해진다. 대부분의 글에는 주제가 있다. 주제가 전달되려면 핵심을 꿰뚫는 명쾌함이 필요하다. 특히 논리적인 글은 명쾌하게 써야 필자의 의도를 전달하게 된다. 말로 남을 설득하거나 자기를 표현하고 싶을 때 정확한 전달력은 중요하다. 글도 마찬가지다. 먹고 나면 속이 뻥 뚫리는 사이다처럼 시원하게 쓰고 싶은 욕구는 누구나 있다. 애매모호한 글은 전달력이 떨어진다.

명쾌한 글은 핵심 내용이 한눈에 들어온다. 무엇을 말하는지 분명하다. 대부분 논리적인 글이 이렇다. 논리적인 글은 원인과 결과가 수학 공식처럼 정확하다. 글에도 인과성이 맞아야 설득력이 담보된다. 주장이 있으면 근거가 반드시 뒷받침 문장으로 나와야 한다. 이것이 충돌될 때 논리적인 글의 목적은 사라진다. 주장과 근거가 연결되지 못하면 뜻은 부정확하게 전달되고 이해하기 어려워진다. 글쓰기 초보자 대부분이 글을 어렵게 쓰고, 설명을 주절주절 나열한다. 그래야 읽는 이가 자신의 글을 이해하리라 착각한다. 필요한 어휘만을 확실하게 구사해야 명쾌한 글이 된다.

명쾌한 글을 쓰고 싶다면 신문 필사를 추천한다. 신문은 논리적인 글이 담겨 있는 매체다. 신문 기사는 기자가 사실만을 담아 이해하기 쉽게 쓴 글이다. 기사는 정확한 내용을 전달해야 하기 때문에 기자들의 글쓰기를 눈여겨보는 것도 명쾌한 글쓰기 방법 중 하나다. 신문 기사는 사실 관계를 위주로 다뤄 불필요한 수식어가 별로 없다. 기사문 필사는 핵심을 전달하는 기술, 군더더기 없는 깔끔한 문장력, 다양한 어휘력에도 도움이 된다. 기승전결도 뚜렷해 글의 구성과 흐름을 파악하는 데도 좋다. 다음 기사문을 보자.

11일 오후 2시 48분 지적장애와 지체장애 학생들이 다니는 서울 구로구 궁동 정진학교 하교 버스에 시동이 걸렸다. 버스에 올라 늘 그랬다는 듯 일곱 번째 줄에 앉은 문 군은 기자가 인사를 건네도 그냥 창밖의 먼 풍경(風景)만 바라보고 있었다.

차에 타서도 어깨에 가방을 멘 채 대화도 없이 지루하게 55분을 달리고 나서야 생활지도사의 안내로 문 군이 버스에서 내렸다. 곧바로 집에 가는 게 아니라 집 근처의 복지관으로 가는 길이었다. 버스에서부터 문 군을 안내한 활동보조인의 첫 번째 일은 화장실 데려가기였다. 활동보조인은 "버스 타고 오는 시간이 길다 보니 당연히 용변을 참느라 힘들었을 테고 더구나 의사표현이 명확하지 않아 어려움이 더 크다"고 말했다. 처음에는 버스에서 내린 문 군이 왜 식은땀을 흘리는지 몰랐지만 볼일을 참느라 힘이 들었기 때문이라는 걸 알았다고 했다.

김하경, 「등굣길 80분… 소변 참느라 식은땀, 아침에 물 안 먹여요」,
《동아일보》 '모두를 위한 특별한 학교', 2017. 9. 13

기자가 장애인 통학 버스를 타고 학생을 인터뷰한 기사의 일부다. 기사를 분석하면 숫자, 장소의 표기가 정확하다. 11일, 오후 2시 48분, 지적장애와 지체장애 학생들, 서울 구로구 궁동 정진학교, 하교 버스, 일곱 번째 줄, 문 군, 55분 등 숫자 표기와 정확한 명칭을 사용했다. 또 인물의 행동을 구체적으로 언급했다. "인사를 건네도 그냥 창밖의 먼 풍경만 바라보고 있었다"와 같은 상세한 표현이 그 예다. 당시 상황 설명이 입체적이다. "어깨에 가방을 멘 채 대화도 없이 지루하게 55분을 달린다" "왜 식은땀을 흘리는지 몰랐지만" 등의 묘사는 현장감이 있다. 인터뷰 내용으로 팩트를 전달한다. 문 군, 생활지도사, 활동보조인의 인터뷰를 포함해 생생한 현장이 그려진다. 위의 기사는 정보와 팩트를 모두 보여주고 있다.

　　신문 기사는 명쾌하다. 독자들에게 구체적인 정보와 현장 상황을 전달해야 하기 때문이다. 위 기사문은 추측성 기사가 아닌 기자의 경험을 담고 있어 실감 나게 읽힌다. 숫자와 지명, 인물 설명, 인터뷰의 내용이 한눈에 들어온다. 신문 기사는 오해의 여지를 주지 않는 게 생명이다. 기사에는 '육하원칙'이 들어 있어 신문 기사를 필사하고 분석하면 초보자도 명쾌한 글쓰기 습관을 기를 수 있다.

　　이때 여러 신문사의 기사를 선택해 필사하기를 권한다. 신문사마다 특정 문제를 바라보는 필자의 생각이 다를 수 있다. 사건에 대한 입장 차이나 글의 전개 방식을 비교해보면 도움이 된다. 기고,

기사, 사설, 칼럼 등 장르별 필사도 좋다. 필사한 뒤에는 꼼꼼한 분석이 중요하다. 기사문에서 육하원칙을 찾아보고 상황에 맞게 구체적으로 표현된 단어는 밑줄을 그어본다. 또한 기사문을 통해 단락을 파악하는 것도 중요한 사항이다. 기승전결로 된 글의 구조를 알게 된다. 문단마다 핵심 요지가 분명하다. 논리력이 뒷받침된 기사는 명쾌하게 읽힌다.

요즘에는 일반인도 온라인에 다양한 글을 쓴다. 블로그나 카페, SNS 등에 리뷰를 올리는 경우가 증가하고 있다. 내용을 보면 '맛집' 팁빙이나 세품 소개가 넘지는데 대체로 애매모호한 글이 많다. 문장력이 탄탄하지 않아 읽다 보면 피로가 쌓인다. 다음은 문해 교육 현장을 소개한 신문 기사와 블로그에 올라온 일반인의 글이다. 비교해보자.

첫째, 신문 기사다.

고성군이 한글 배움터인 찾아가는 성인 문해교실 '고성학당' 2학기 수업을 개강했다. 지난 4일부터 12월까지 삼산면을 비롯한 12개면 53곳 55개반에서 기초 한글교육의 기회를 놓친 어르신 650여명을 대상으로 제2의 배움의 기회를 제공한다. 고성학당은 매주 2회씩(1회당 2시간) 문해교육사가 마을경로당 또는 마을회관을 직접 방문해 한글 기초교재, 부교재 등을 활용해 한글교육 및 생활 기능문자 교육을 한다. 또 실버 놀이, 건강 체조, 그림 그리기, 노래 부르기, 색종이 접기 등 다양한 프로그램도 함께 운영한다.

백삼기, 「찾아가는 성인 문해교실 '고성학당' 2학기 개강」, 《경남도민신문》, 2017. 9. 7

둘째, 블로그 글이다.

○○시 2015년 찾아가는 〈어르신 문해교실〉이 실시되었습니다. 각 동 경로당 10개를 선정하고 문해교육사 2명을 파견하여 동네 어르신들께 기초한글과 간단수학을 가르치신다 합니다. 오늘은 ○○동에 위치한 ○○ 8차 아파트를 취재했습니다. 경로당 건물 2층으로 올라가니 어르신들께서 활발하게 손글씨 수업을 진행하고 계셨습니다. 총 8명의 어르신으로 구성됐고, 연령은 68세-82세로 다양했습니다. 매주 화, 목요일 오전 9시부터 11시까지 수업을 합니다. 작년에 수업을 받으신 분들도 계시는데 7월에 처음 오신 분들도 계셨습니다. 글씨를 모른다는 것은 어떤 세상을 살고 있는 것일까요? 저마다 글씨를 모를 때의 어려운 점을 말씀하셨습니다. 당연히 의무교육을 받은 세대들은 글씨를 모른다는 것을 쉽게 상상하지 못할 것입니다.

네이버 블로그 '○○시e야기' 중에서

신문 기사의 글은 육하원칙에 맞게 정확한 팩트를 전달한다. 요일, 위치, 대상 수, 대상 반, 시간, 교육 프로그램 등을 언급해서 글이 명쾌하다. 기사 안에 많은 정보를 담아서 궁금증이 거의 해소된다. 반대로 일반인이 작성한 블로그 글은 팩트를 언급하기는 했지만 문장이 다소 장황하다. '어르신'이라는 단어가 반복되고, 갑자기 "글씨를 모른다는 것은 어떤 세상을 살고 있는 것일까요?"라는 질문을 던져놓고 있어 문단 안에서의 연결성이 떨어진다. 이렇듯 신문 기사를 필사하면 핵심만 명쾌하게 전달하는 글쓰기 요령을 익히게 된다.

데이비드 코드 머레이는 '빌려 오기'를 뜻하는 『바로잉』(흐름출판, 2011)이라는 책에서 "세상을 바꾼 창조는 모방에서 시작되었다"라고 말했다. 새로운 것은 훈련을 통해서 창조된다는 뜻이다. 글쓰기가 힘들다고 하기 전에 잘 쓴 글을 꾸준히 필사하면서 자신의 글을 새롭게 창조해나가길 바란다. 명쾌하게 쓰고 싶다면 기사문 필사는 꼭 필요하다.

3장

분야별
필사법

01

어휘력을 늘려보자

문학 필사

문학 필사는 빈약한 표현력을 풍성하게 해준다. 생각과 감정, 느낌을 예술적으로 표현하고 싶다면 필수 연습이다. 작가는 대상들을 묘사하기 위해 최상의 어휘와 문체를 활용한다. 어휘의 양과 질은 문장의 밀도를 좌우할 만큼 중요한 요소다. 사실적, 추상적 개념의 어휘를 이용해 명료하고 예술적으로 전달하는 표현법을 습득하기 위한 방법으로 문학 필사를 해보자.

문학 필사 예시문 (국내 소설)

나는 정유년 4월 초하룻날 서울 의금부에서 풀려났다. 내가 받은 문초의 내용은 무의미했다. 위관들의 심문은 결국 아무것도 묻고 있지 않았다. 그들은 헛것을 쫓고 있었다. 구례에서 바꾸어 탄 말이 순천으로 넘어오는 고개에서 죽었다. 굶주리고 비루먹은 짐말이었는데, 고개 밑에서부터 앞다리를 절었다. 말은 무너질 듯 비틀거렸으나 고갯마루까지 기어이 올라와서 죽었다.

김훈, 『칼의 노래』, 문학동네, 2015년, 14쪽

글 분석 포인트

• 주어의 다양한 쓰임으로 단조로움을 피한다. 첫 문장 주어 '나는'을 두 번째 문장 주어 '내가'로 바꾸어 반복을 피한다.

• 서술어가 짧고 명료해 늘어지지 않는다. 뜻이 분명하게 전달된다.

• 문장이 군더더기 없이 간결하다.

• 수식어를 절제하다 마지막 문장에서 '기어이' 한 번만 씀으로써 긴장감을 고조한다.

소설가 김훈은 오랫동안 기자 생활을 하다 불혹을 넘긴 나이에 등단하여 2001년 『칼의 노래』로 동인문학상을 수상했다. 이 작품은 전략 전문가이자 영웅이었던 이순신 장군의 삶을 이야기한다. 첫 문장 "버려진 섬마다 꽃이 피었다"부터 유명한 이 소설은 내용도 내용이지만 간결한 문장, 응축된 어휘로 정확하게 뜻을 전달하는 표현력과 사실적이고 정교한 배경 묘사, 문장의 예술성을 인정받는 작품이다. 먼저 필사 예시문 속 문장의 주어와 서술어를 살펴보자.

첫 문장의 주어는 '나는'이다. 두 번째 문장의 주어도 의미상 '나'이지만 '내가'로 바뀐다. 세 번째 문장의 주어는 '위관들'이다. 그다음 문장의 주어도 내용상 세 번째 문장과 같지만 '그들은'이라고 변화를 준다. 반복과 단조로움을 피하기 위해 단어의 중복을 피했다. 서술어는 어떨까? '풀려났다' '무의미했다' '않았다' '있었다' '죽었다' '절었다' '죽었다' 모두 짧고 명료하다. 이 또한 반복하지 않았다. 제시된 문단은 첫 문장부터 마지막 문장까지 정보와 사실만 알려주면서 전체적으로 쉽고 간결하다. 불필요한 미사여구가 하나도 없다. 마지막 문장에 '기어이'라는 수식어 단 하나로 고갯마루까지 올라간 말의 죽음을 강조할 뿐이다. 한 문장에 하나의 의미만 쓰면서 뜻을 분명하게 전달하고 있다. 이제 예시문을 그대로 필사해본 뒤 같은 형식으로 작문을 해보자. 조금 어렵다면 작문 예시문을 참고하자.

필사 연습

한 문장씩 옮겨 적으며 소리 내 읽는다.

작문 실습

아래 예시문을 참고해 자유 주제로 글을 쓴다.

작문 예시 | 나는 5월 30일 오전에 고양 경찰서 유치장에서 풀려났다. 내가 받은 조사는 형식적이었다. 서슬이 퍼렇던 형사의 심문은 특별하지 않았다. 건성으로 의무만 다했다. 경찰서 정문 주변을 살피며 앞으로 나왔다. 손님이 막 내린 택시를 잡아탔다. 연식이 꽤 되어 보이는 낡은 차였는데 가라뫼 사거리를 지날 때 엔진 소리가 심했다. 택시는 덜컹거렸으나 다음 신호등 앞에서 겨우 멈췄다.

『글쓰기 표현사전』(다산초당, 2009)에서 저자 장하늘은 "문장이란 본디 정신의 종합적 산물이요, 그 필자의 경험과 지혜에서 빚어진 결정체"라고 말했다. 지금 우리가 필사하고 작문까지 연습한 김훈의 문장은 몇십 년을 매일 원고지 다섯 장씩 썼던 작가가 이룬 노력의 결정체다. 시인 이문재는 자기 글에 어떤 문제가 있는지 모르는 건 큰 문제라고 했다. 정신을 바짝 차리고 자기 글을 끝까지 들여다봐야 고칠 수 있다. 하지만 좋은 문장이 하루아침에 만들어지지 않듯 잘못된 문장 습관도 쉽게 버려지지 않는다. 좋은 문장을 필사하다 보면 자신의 안 좋은 문장 습관도 보인다. 이제부터 천천히 매일 필사하고 작문하는 습관을 들여보자.

문학 필사 예시문 (국내 에세이)

> 만약 자기가 쓴 초고를 봤는데 토할 것 같다면 그건 소설가의 일거리, 즉 생각할 거리가 많이 생겼다는 뜻이다. 이건 뱃살이 생기거나 방이 더러워지는 일과 비슷하다. 말하자면 우리 우주가 그렇게 생겨먹었기 때문이란 뜻이다. 뱃살이 나왔다고 난 원래 배불뚝이로 태어난 것이라며 절규하거나, 방이 더러워졌다고 왜 나는 사는 방마다 더러워지느냐고 좌절하는 사람만큼이나 이상한 게 처음 쓴 문장이 엉망이라고 재능을 한탄하는 사람들이다.
>
> 김연수, 「소설가의 일」, 문학동네, 2014, 77쪽

글 분석 포인트

- 다소 과감한 비유로 시선이 쏠린다.
- 초고에 대한 현실감 있는 설명이 사실적이다.
- 두세 번째 문장에서 단문을 사용함으로써 다소 긴 마지막 문장의 호흡을 조절한다.
- 뱃살, 더러운 방 등 처음 쓴 문장의 비유를 현실감 있게 전개한다.

소설가 김연수는 일이 년에 한 번씩 책을 내는데 때마다 여러 매체에서 '올해의 책'으로 선정되는 작가 중 하나다. 산문집 『소설가

의 일』에서 "문학적 표현이란 진부한 말들을 새롭게 표현하는 걸 뜻한다"라고 말했다. 우리가 좋은 문장을 습득하기 위해 필사하는 이유도 마찬가지 아닐까? 다르게, 새롭게 표현하는 실력을 기르기 위해 문학 필사는 유용한 도구다.

위 예시문은 비유가 탁월하다. 글쓰기에 관심이 많거나 자주 쓰는 사람들이라면 공감할 만한 초고 쓰기에 대한 감정을 일상적인 사례로 표현해 시선을 끈다. 즉 다음 문장에 대한 기대감을 준다. "뱃살이 생기거나" "방이 더러워지는 일" "처음 쓴 문장"을 탓하는 게 절규, 좌절, 한탄할 문제가 아니라 "생각할 거리가 많이 생겼다는 뜻"으로 귀결된다. 일상에 대한 성찰을 거침없이 표현한 것도 탁월하지만 무엇보다 문단 구조가 탄탄하다. 그렇기 때문에 다소 긴 마지막 문장도 균형감 있게 읽힌다.

필사 연습

한 문장씩 옮겨 적으며 소리 내 읽는다.

작문 실습

아래 예시문을 참고해 자유 주제로 글을 쓴다.

작문 예시 | 만약 몇 년간 다이어트를 했는데 살이 빠지지 않는다면 자신의 습관, 즉 자기를 관리할 거리가 많이 생겼다는 뜻이다. 이건 늦잠을 자거나 공부 시간마다 자는 것과 마찬가지다. 말하자면 그럴 수밖에 없단 얘기다. 늦게 자고 늦게 일어나면서 게으르다고 자책하거나, 수업 시간에는 잠만 자면서 공부를 못한다고 좌절하는 사람만큼이나 이상한 게 다이어트한다고 말만 하는 사람들이다.

문학 필사 예시문 (외국 소설)

> 이따금 얼어붙어서 초인종을 누르지도 못하는 여자들이 나왔다.
> 또 대문 앞까지는 갔다고 하더라도 목소리에 문제가 생기는 여자
> 들도 있었다. 혹은 인사만 하고 안으로 들어가면 되는데 그 순간에
> 아직 꺼내서는 안 되는 말을 뒤죽박죽 섞어대는 여자들도 있었다.
> 이런 여자들은 일을 그만두기로 마음먹고, 샘플이 담긴 가방을 든
> 채 자동차가 있는 곳으로 내달려, 패티와 동료들이 일을 끝마칠 때
> 까지 빈둥거리곤 했다.
>
> 레이먼드 카버, 「비타민」, 『대성당』, 김연수 옮김, 문학동네, 2014, 132쪽

글 분석 포인트

- 실제 상황을 보고 있는 것처럼 사실적으로 표현한다.
- 상황 묘사만으로 직업의 어려움을 전달한다.
- 두려움과 수치심을 나타내는 한 가지 행동을 다양하게 표현한다.

　　미국 소설가 레이먼드 카버는 단순, 적확한 문체를 사용한다. 언
어의 미니멀리즘을 추구하는 작가다운 글투다. 열두 개의 단편으로
이루어진 세 번째 단편집 『대성당』이 퓰리처상 후보로 오르면서 카
버는 작가의 위치를 확고히 다졌다.

「비타민」에서 패티는 꼭 일할 필요는 없지만 자기 자신의 의미를 찾기 위해 비타민 판매업을 시작한다. 잘 팔리지도 않는 비타민을 파느라 마음의 상처를 받고 경제적으로 힘들어진다. 이 소설을 읽는 독자 중 방문 판매 영업을 해본 이들이 있다면 같은 경험을 했을지 모른다. 첫 번째 문장부터 세 번째까지 그런 심경을 구체적으로 잘 표현하고 묘사한다. 힘들거나, 두렵거나, 어렵다는 진부한 표현 하나 쓰지 않고 상황만으로 충분히 심리를 나타낸 점이 탁월하다. 누가 읽느냐에 따라 다르게 해석될 수 있는 이런 상황은 레이먼드 카버 단편을 읽는 묘미이기도 하다.

　머릿속에 상황을 그리며 그대로 필사해보자. 상황을 그릴 직업을 생각해보고 그 직업의 어려움을 고심한 뒤 예시문의 형식에 맞춰 상황을 표현해 작문한다. 자신의 직업으로 정하면 좀 더 쉽게 접근할 수 있다. 다만 읽는 사람도 공감할 만한 상황을 그려야 한다. 완벽하지 않아도 좋다. 고민하면서 한 글자 한 문장씩 쓰는 과정이 곧 좋은 문장을 향해가는 지름길이다.

필사 연습

한 문장씩 옮겨 적으며 소리 내 읽는다.

작문 실습

아래 예시문을 참고해 자유 주제로 글을 쓴다.

> **작문 예시** | 이따금 아침에 늦게 일어나 아프다는 핑계를 대는 사람도 있었다. 또 출근했다가 병원을 간다고 조퇴하기도 했다. 혹은 퇴근 시간까지 일을 하다 장례식장 간다는 핑계를 대고 다음 날 결근을 미리 말하는 사람들도 있었다. 이런 사람들은 일에 집중을 안 하고, 시간만 때우러 회사에 출근했다가, 다른 동료들이 일을 끝마칠 때까지 늘어져 있곤 했다.

문학 필사 예시문 (외국 소설)

> 병원을 설립하는 일도 그녀의 관심을 사로잡았다. 그녀는 그저 돕기만 하는 게 아니라 많은 것들을 직접 만들고 고안했다. 하지만 그녀의 주된 걱정거리는 여전히 자기 자신, 즉 자신이 브론스키에게 어느 정도 소중한지, 자신이 그가 포기한 것들을 어느 정도 대신할 수 있을지였다. 브론스키는 그녀의 삶의 유일한 목적이 되어버린 그 갈망, 즉 그에게 사랑받고자 할 뿐 아니라 그에게 도움이 되고자 하는 갈망을 존중했다. 그러나 그와 동시에 그녀가 그를 사랑의 올가미로 얽매려 애쓰는 것을 부담스러워하기도 했다.
>
> 레프 톨스토이, 『안나 카레니나 3』, 연진희 옮김, 민음사, 2009, 199쪽

글 분석 포인트

- 접속사 '하지만'을 기준으로 안나의 외적 활동과 내적 심리 상태를 생생하게 표현한다.
- 안나에 대한 브론스키의 양가감정을 '존중'과 '부담'으로 명확히 나타낸다.
- 세 번째 문장에서 '자기 자신'의 의미를 '즉 자신이 브론스키에게'로 정확히 설명한다.
- 안나의 '갈망'에 대한 해석이 세밀하다("삶의 유일한 목적" "도움이 되고자 하는").

19세기 러시아의 대문호 레프 톨스토이의 작품이다. 위선, 질투, 사랑, 욕망, 결혼, 계급, 종교 등 인간의 감정과 사회 구조에 대한 작가의 고민이 집약된 장편 소설이다. 이 소설에서 가장 유명한 문장은 첫 문장이다. "행복한 가정은 모두 모습이 비슷하고, 불행한 가정은 모두 제각각의 불행을 안고 있다." 주인공 안나는 귀부인으로 화려한 사교계 활동과 안정된 가정생활을 하던 중 어느 날 젊은 백작 브론스키와 사랑에 빠진다. 둘의 사랑은 가정과 사회에서 인정받지 못한다. 예시문은 그런 상황에 처한 안나의 심정 변화를 솔직하게 보여주는 대목이다.

브론스키의 사랑만을 갈구하는 심정은 안나의 '걱정거리'로 다시 표현된다. 불필요한 말을 빼고 과하지 않게 내적 심리를 파고든다. 세 번째 문장 '자기 자신'에 대한 해석을 "브론스키에게 어느 정도 소중한지"로 정확히 짚어주는 것으로 안나의 내적 감정을 조금 더 촘촘히 그려낸다. 그녀의 현재 심경은 "삶의 유일한 목적"이 되어버린 브론스키의 사랑이다. 그 갈망은 '사랑받는 것'과 '도움이 되고자 하는 것'으로 세밀하게 나뉘고, 브론스키의 심정 또한 '존중하고자 하는 마음'과 '부담스러운 마음'으로 갈린다.

인물의 이런 행동과 심정을 샅샅이 읽어낸 작가의 마음을 헤아리며 필사해보자. 우선 대상을 정하고 떠오르는 감정을 조금 더 파고드는 방식으로 접근하면 된다.

필사 연습

한 문장씩 옮겨 적으며 소리 내 읽는다.

작문 실습

아래 예시문을 참고해 자유 주제로 글을 쓴다.

> **작문 예시** | 제사 시간을 바꾸는 일도 그녀의 관심을 사로잡았다. 그녀는 그저 마음만 있는 게 아니라 시댁에 직접 얘기하고 부딪쳤다. 하지만 그녀의 주된 걱정거리는 여전히 불합리한 제사 시간, 즉 꼭 자정에 지내야 하는지, 조금 더 빠른 시간은 안 되는지였다. 시아버지는 그녀가 질문해오는 제사 시간 변동이란, 다른 식구의 다음 날 출근 시간을 고려한 것과 시어머니의 고단함을 감안한 의견이라면서 존중했다. 그러나 동시에 평생 지켜온 전통을 깨는 것을 힘들어하기도 했다.

문학 필사 예시문 (국내 소설)

도서관에 가면 일단 서가에서 책을 고르고 자리에 앉아 하루 종일 그 책만 읽는 게 그녀의 방식이었다. 내용이나 재미 같은 건 상관하지 않고 처음부터 끝까지 다 읽는다. 이해가 되지 않아도 글자는 읽을 수 있으니 한 글자 한 문장 한 페이지 한 챕터씩 차례로 읽어 나간다. 오후 두시쯤 집에 돌아와 점심을 만들어 먹고 다시 도서관에 가서 문을 닫는 여섯시까지 책을 읽는다. 책을 다 못 읽으면 대출해 가지고 와서 저녁을 만들어 먹고 잠들기 전까지 마저 읽는다. 도서관 휴관일인 월요일만 빼고 그녀가 도서관에 가지 못하는 특별한 사정은 없다.

권여선, 「이모」, 『안녕 주정뱅이』, 창비, 2016, 84쪽

글 분석 포인트

- 하루 일과를 2시, 6시, 저녁, 잠들기 전까지의 시간 흐름에 따라 단계적으로 건조하게 나열한다.
- 단조로운 주인공의 일상에서 고독을 짐작할 수 있다.
- 책 읽는 방식에서 주인공의 무던한 성격을 알 수 있다.
- 접속사를 전혀 사용하지 않는다.

권여선 『안녕 주정뱅이』는 일곱 개 단편으로 구성되었다. 수록된

단편들에서 술 마시는 장면이 자주 등장하는데 「이모」에서도 어김없다. 이모는 처음부터 고독하고 자유로운 삶을 누린 것은 아니었다. 소설에서 이모는 자신의 인생을 바꿔놓은 어느 겨울밤의 사건에 대해 말한다. 예시문은 그런 이모의 고독한 생활을 하루의 일상으로 보여주는 대목이다.

첫 문장부터 이모의 외로운 생활은 짐작된다. 도서관에서 온종일 책만 읽는다. 그다음 문장에서 내용과 재미 같은 걸 상관하지 않는다고 한다. 단지 책 읽는 목적만 있는 것은 아니다. 오후 2시쯤, 6시, 저녁, 잠들기 전 시간순으로 진행되는 단조로운 이모의 활동은 '고독'을 짐작하기에 충분하다. 문장을 연결할 때 접속사는 전혀 사용하지 않았다. '책'을 제외하고 반복하는 단어도 거의 없다. 이모의 단순한 생활을 잘 나타내면서 현재 도서관 문 닫는 시간과 휴관일도 알 수 있다.

주인공의 생활을 표현하고 있을 뿐인데 여러 가지 의미를 생각해볼 수 있다. 쉽게 읽혀 쓰기 쉬워 보이는 문장이나 이렇게 쓰기란 어려운 일이다. 이제 마침표까지 똑같이 필사해보자. 자신이나 누군가의 하루를 생각하자. 주인공 같은 고독감 속에서 하루를 보내고 있다면 적당한 장소를 선택하여 자신이 생각하는 고독을 묘사해보자. 성격이 드러나는 문장도 고민해봐야 한다. 이렇게 작문을 연습하다 보면 표현력이 성장한다.

필사 연습

한 문장씩 옮겨 적으며 소리 내 읽는다.

작문 실습

아래 예시문을 참고해 자유 주제로 글을 쓴다.

> **작문 예시** | 서재에 들어가면 일단 책상에 앉아 온종일 글을 쓰는 게 그녀의 방식이었다. 내용이나 깊이 같은 건 상관하지 않고 처음부터 끝까지 자기 얘기만 썼다. 어릴 때부터 자신이 상처받았다고 느꼈던 사건들에 대해서 빠짐없이 쓰곤 했다. 오후 2시쯤 주방에 나와 점심을 만들어 먹고 다시 서재에 가서 아이가 돌아오는 5시까지 글을 썼다. 원하는 만큼 글을 다 못 쓰면 잠들기 전까지 마저 썼다. 가족이 모두 있는 주말만 빼고 그녀가 서재에 들어가지 못할 별난 이유는 없다.

02

논리력을 쌓아보자

비문학 필사

　비문학 필사는 다양한 관점으로 세상을 바라보기에 적절한 방법이다. 필사를 하다 보면 타인의 생각이 어떤 방식으로 흘러가는지 알게 된다. 탁월한 사유의 경지에 오른 대가들의 글을 필사하면 자신의 익숙하고 편한 생각들과 결별할 수 있는 좋은 기회를 맞는다. 비문학은 필자의 주장이나 의견에 초점을 맞춰 과학적이고 객관적인 태도로 기술한다. 설명이나 이해를 목적으로 쓰기 때문에 문장이 간결한 것은 물론이고 건조하고 알기 쉬운 표현법을 익힐 수 있다. 생각을 쉽게 표현하는 방법과 명쾌한 문장, 고정된 사고방식을 바꿀 수 있는 비문학 필사는 문학 필사 못지않게 중요한 문장력 훈런이다. 인문, 사회, 과학, 수학, 예술 분야를 골고루 필사한다면 물리적인 시간과 에너지를 투자하지 않고도 배경지식과 경험의 폭을 넓힐 수 있다.

칼 세이건은 『코스모스』(사이언스북스, 2006)에서 "글쓰기야말로 인간의 가장 위대한 발명이다. 글쓰기가 사람들을 하나로 묶어놓았고, 먼 과거에 살던 시민과 오늘을 사는 우리를 하나가 되게 했다. 그러므로 글쓰기를 통해서 우리 모두는 마법사가 된 것이다"라고 말했다. 이 책을 필사하면 탁월한 문장뿐만 아니라 '우주적 관점에서 본 인간의 본질'을 꿰뚫는 저자의 통찰과 사유의 깊이까지 체험할 수 있다. 훌륭한 필사문을 자기 문장으로 바꾸는 과정을 통해 칼 세이건의 말대로 '마법사'가 되어보면 어떨까.

비문학 필사 방법은 문학 필사와 동일하다. 손으로 옮겨 적고 소리 내어 읽는다. 이 과정을 여러 번 반복하고 왜 이 문장이 좋은지 이유를 세 가지 정도 적어본다. 비문학 필사에서는 한 가지를 추가해보자. '저자는 왜 이렇게 생각했을까?'에 대한 답을 구하고 자기만의 정의를 내려보는 것이다. 비문학 필사에서는 문장에 담긴 탁월한 사유의 경로를 관찰하는 훈련이 필요하다. 잘 쓴 문장을 따라 쓰면서 그들의 생각을 파악하고 그 관점을 면밀하게 짚어내 자신의 생각으로 바꾸는 연습이 핵심이다.

비문학 필사 예시문 (사회비평)

> 책을 쓴다는 건 고통스러운 병을 오래 앓는 것처럼 끔찍하고 힘겨운 싸움이다. 거역할 수도 이해할 수도 없는 어떤 귀신에게 끌려다니지 않는 한 절대 할 수 없는 작업이다. 아마 그 귀신은 아기가 관심을 가져달라고 마구 울어대는 것과 다를 바 없는 본능일 것이다. 그런가 하면 자기만의 개별성을 지우려는 노력을 부단히 하지 않는다면 읽을 만한 글을 절대 쓸 수 없다는 것도 사실이다. 좋은 신문은 유리창과 같다. 나는 내가 글을 쓰는 동기들 중에 어떤 게 가장 강한 것이라고 확실히 말할 수 없다. 하지만 어떤 게 가장 따를 만한 것인지는 안다. 내 작업들을 돌이켜보건대 내가 맥없는 책들을 쓰고, 현란한 구절이나 의미 없는 문장이나 장식적인 형용사나 허튼소리에 현혹되었을 때는 어김없이 '정치적' 목적이 결여되어 있던 때였다.
>
> 조지 오웰, 『나는 왜 쓰는가』, 이한중 옮김, 한겨레출판, 2010, 300쪽

글 분석 포인트

- 첫 문장부터 네 번째 문장까지 이어지는 사실적인 비유는 책 쓰기 어려움을 독자가 쉽게 이해하도록 돕는다(싸움, 귀신, 아이, 울음, 본능).
- 작가의 경험이 담긴 신념을 한 문장으로 명쾌하게 정의 내린다

("좋은 산문은 유리창과 같다").

- 작가의 글쓰기 동기 중에 하나를 선별해 강조하고 그에 대한 근 거를 면밀히 제시하여 공감을 끌어낸다(맥없는, 현란한 구절, 의미 없는 문장, 형용사, 허튼소리).
- 마지막으로 "'정치적' 목적이 결여"되었다는 표현으로 앞에 열거 한 상황을 진솔하게 풀어냈다.

영국 작가 조지 오웰은 20여 년 동안 여섯 권의 소설과 세 권의 르 포르타주, 두 권의 에세이집을 냈다. 5년 동안 식민지 미얀마에 가 서 제국 경찰로 지냈는데 그 시절 경험이 그의 삶을 결정짓는 큰 역 할을 했다. 영국으로 돌아와 본격적으로 작가 생활을 시작했을 때 그는 노동자 지구에서 접시 닦이, 노숙 등 밑바닥 생활을 전전했다. 『동물농장』으로 잘 알려진 조지 오웰은 당대의 계급 의식을 풍자하 고 이를 극복하는 방법을 제시했으며, 에세이 형식의 사회비평집 『나는 왜 쓰는가』에서 글을 쓰는 이유를 네 가지로 명쾌하게 정리했 다. 위 필사 예시문은 번역서임에도 불구하고 문장의 밀도와 가독성 이 좋은 예다.

조지 오웰은 첫 문장에서 '책을 쓰는 것'은 '힘겨운 싸움'이라 정 의 내린다. 병을 오래 앓는 고통은 누구나 쉽게 공감할 만한 고통이 다. 그의 사실적이고 쉬운 비유로 책 쓰기의 어려움을 어렵지 않게 느낄 수 있다. 두 번째 문장에서 네 번째까지 첫 문장의 정의를 뒷받침한다. 자신의 정의를 귀신, 아이, 본능이란 쉬운 단어를 선택하여 부연 설명하고 글쓰기 고통의 깊이를 알려준다. 다섯 번째 문장 "좋은 산문은 유리창과 같다"라는 말로 앞서 설명한 자신의 생각을 한 문장으로 간결하게 정리한다. 중간에 단문을 사용함으로써 문장에 리듬감이 생겼고 후반 내용의 궁금증을 증폭시킨다. 여섯 번째 문장과 일곱 번째 문장에서 작가는 자신의 생각을 단언하지 않는다. 마지막 문장의 길이가 다소 길지만 늘어지지 않고 적절한 상황을 압축하여 병행석으로 이어나간다. "맥없는 책들" "현란한 구절" "의미 없는 문장" "형용사나 허튼 소리"를 길게 설명하지 않았다. 마지막으로 "'정치적' 목적이 결여"된 상태를 진솔하게 성찰한다.

조지 오웰이 말하는 글쓰기 동기는 '순전한 이기심' '미학적 열정' '역사적 충동' '정치적 목적' 네 가지다. 그중 '정치적 목적'은 작가가 추구한 중요한 목적이었다. 작가가 '글쓰기'에 대한 정의를 내리는 사유 과정은 진솔하고 깊이 있다. 우리가 문장을 잘 쓰려고 필사를 하는 이유를 그와 같이 정의 내려보면 어떨까? 또는 평소에 지나쳤지만 가치 있는 의미를 깊이 생각해볼 기회를 마련하는 것도 좋다. 인간 내면, 시대에 대한 질문과 답을 '정치적 목적' 글쓰기로 애썼던 조지 오웰의 문장을 필사해보고 나만의 가치를 작문으로 정리하여 정의를 내려보자.

필사 연습

한 문장씩 옮겨 적으며 소리 내 읽는다.

작문 실습

아래 예시문을 참고해 자유 주제로 글을 쓴다.

> **작문 예시** | 낮잠을 길게 잔다는 건 밤낮이 바뀌는 생활을 하게 되는 시작점이다. 병이 난 게 아니라면 되도록 하지 말아야 할 행동이다. 낮에 잠들 수밖에 없는 상황은 몇 가지 되지 않는다. 시간이 많고 급한 일이 없다 보면 낮잠의 유혹에 쉽게 빠지는 것도 사실이다. 적당한 잠은 보약이다. 나는 내가 한 시간 정도 낮잠을 잘 때 에너지를 얻는다. 하지만 필요 이상 긴 잠이 될 땐 자괴감에 빠진다. 어떤 일상이 나은 삶을 위한 것인지는 안다. 내 일상을 돌이켜보건대 온종일 잠을 자고, 공상을 하고, 모든 일을 미루는 때는 어김없이 '갈등을 피하는' 때였다.

비문학 필사 예시문 (사회과학)

내가 책을 읽은 방법은 크게 두 가지이다. 하나는 습득(習得)이고 하나는 지도 그리기(mapping)이다. 전자는 말 그대로 책의 내용을 익히고 내용을 이해해서 필자의 주장을 취하는(take) 것이다. 별로 효율적이지 않다. 반면 후자는 책 내용을 익히는 데 초점이 있기보다는 읽고 있는 내용을 기존의 자기 지식에 배치(trans/form 혹은 re/make)하는 것이다. 습득은 객관적, 일방적, 수동적 작업인 반면에 배치는 주관적, 상호적, 갈등적이다. 자기만의 사유, 자기만의 인식에서 읽은 내용을 알맞은 곳에 놓으려면 책 내용 자체도 중요하지만 책의 위상과 저자의 입장을 이해하는 것이 핵심이다. 그러려면 기본적으로 사회와 인간을 이해하는 자기 입장이 있어야 하고, 자기 입장이 전체 지식 체계에서 어떤 자리에 있는가, 그리고 또 지금 이 책은 그 자리의 어디에서 나온 것인가를 파악해야 한다.

정희진, 『정희진처럼 읽기』, 교양인, 2014, 36~37쪽

글 분석 포인트

• 책 읽는 방법에 대한 정의 두 가지를 첫 문장에서 짧고 명쾌하게 밝힌다.

• 앞서 밝힌 정의에 대한 근거를 어느 한쪽으로 기울지 않게 순차적으로 서술한다.

• '습득'과 '배치'에 대한 자신의 생각을 긴 설명 없이 집약적으로,

균형감 있게 표현하여 독자의 이해를 돕는다(객관적, 일방적, 수동적-주관적, 상호적, 갈등적).
- 독서에 대한 심도 있는 저자의 입장 정리를 통해 생각 정리의 방법을 알게 된다(책, 저자, 자기의 입장 정리).

여성학자 정희진은 우리 사회의 통념과 상식에 관심이 많으며 학문 간의 경계를 넘나드는 공부와 글쓰기를 지향한다. 여성주의의 새로운 시각을 제시했던 『페미니즘의 도전』(교양인, 2013) 이후 2012년부터 2014년까지 자신이 쓴 서평 79편을 선정해서 『정희진처럼 읽기』를 펴냈다. 이 작품은 '고통' '주변과 중심' '권력' '앎' '삶과 죽음'이라는 다섯 가지 주제로 자신이 읽은 책을 나눈다. 이 책에서 저자가 다룬 책도 책이지만 프롤로그와 에필로그에서 밝힌 독서와 글쓰기에 대한 부분은 독자의 가슴을 관통하는 성찰이 담겨 있다. "독서는 내 몸 전체가 책을 통과하는 것이다. 몸이 슬픔에 '잠긴다', 기쁨에 '넘친다', 감동에 넋을 '잃는다'. 텍스트 이전의 내가 있고, 이후의 내가 있다. 그래서 독후의 감感이다".

군더더기 하나 없는 간결한 문장은 가독성을 높여준다. 정희진의 문장은 불필요한 미사여구를 전혀 사용하지 않는다. 만약 구구절절한 설명을 해도 자신의 생각을 명확하게 표현하기 어렵다면 정희진의 문장을 필사해보길 추천한다. 다양한 어휘로 명확한 근거에 설득력까지 더한 정희진의 문장을 구체적으로 살펴보자.

서술어는 간결해야 한다. 서술어를 길게 늘이면 문장이 애매모호하고 지루해지면서 장황해진다. 예시문 첫 문장과 두 번째 문장은 간결하고 자신감이 넘친다. 혹시 우려되는 이견을 전혀 고려하지 않겠다는 저자의 확고한 생각이 그대로 드러난다. 세 번째 문장부터 자신이 주장하는 근거를 명확하게 설명한다. 순차적이다. 이런 저자의 생각 정리와 근거 배치를 조금 더 쉽게 볼 수 있는 방법은 필사 후에 문장별로 훑어보는 것이다. 문장이 차례로 정리되기 때문에 작문하기도 편하다. 필사한 뒤 문장별로 다시 보는 방법은 비문학 필사에서 활용하면 효과적이다. 정리되지 않는 자신의 생각을 작문하여 한 문장씩 훑어보고 다시 매끄럽게 연결하여 글을 완성해보자.

필사 연습

한 문장씩 옮겨 적으며 소리 내 읽는다.

작문 실습

아래 예시문을 참고해 자유 주제로 글을 쓴다.

> **작문 예시** | 내가 글을 쓰는 방법은 크게 두 가지다. 하나는 습관이고 하나는 마감이다. 전자는 말 그대로 매일 글을 써서 습관을 들이는 것이다. 매우 효과적이다. 또한 후자는 시간에 맞춰 쓰는 작업이다. 습관은 인내력과 연속성을 키우고 마감은 완결성과 성취감을 갖게 한다. 글쓰기는 완성된 글의 질도 중요하지만 그것을 쓰기 위한 시간과 생각을 마음껏 풀어내는 자신감이 핵심이다. 그러려면 기본적으로 글을 쓰는 습관이 필요하고, 자기 검열에서 벗어나야 한다. 그리고 어떤 피드백을 받아도 상처받지 않을 단단한 마음을 가져야 한다.

비문학 필사 예시문 (인문학)

> 파의 껍질을 계속해서 한 겹 한 겹 벗겨나가는 것은 '실마리'를 잡기 위해서다. 실마리를 잡아야 얽힌 실꾸리가 풀린다. 실마리를 잡지 않고서 실타래만 들쑤셔놓으면 나중에는 완전히 뒤엉켜서 수습할 수조차 없게 된다. 먼저 핵심 개념을 잡아야 한다. 그래야 중요한 것과 그렇지 않은 것을 갈라낼 수 있다. 핵심을 잡으려면 안목과 식견이 서야 한다. 안목과 식견은 어떻게 갖출 수 있는가? 일단 옥석을 가리지 말고 따져보고 헤아려보아야 한다. 일견 순환어법처럼 보이지만 그렇지 않다.
>
> 정민, 『다산선생 지식경영법』, 김영사, 2006, 27쪽

글 분석 포인트

- 일상적 비유를 통한 설명으로 이해하기 쉽다.
- 앞뒤 문장의 연결이 자연스럽고 유기적이다.
- 질문을 통해 긴장감을 주면서 바로 이어지는 답변은 명쾌하다.
- 애매모호한 표현 없이 단호하다.

고전학자 정민은 책을 쓸 때 '전달력'을 최우선으로 한다. 그가 글을 쓸 때 가장 중시하는 것은 리듬과 언어의 경제성이다. 불필요한 부사, 형용사를 최대한 줄이고 접속사를 피한다. 글을 매끄럽게

다듬는 방법으로 가장 좋은 것은 낭독이다. 정민은 글을 쓰고 나면 무조건 세 번씩 소리 내서 읽은 다음 한 번 더 아내에게 읽어달라고 부탁한다. 『한국의 글쟁이들』(한겨레출판사, 2008)에서 그는 "아내가 읽어가다 멈추는 곳이 있으면 그건 문장이 잘못된 거예요. 그런 곳들을 한 번 더 고칩니다"라고 이야기한 바 있다.

예시문의 아홉 개 문장 연결은 유기적이다. '핵심 개념'을 '실마리'로 비유하여 이해를 돕고 그 핵심을 잡기 위해 필요한 안목과 식견을 어떻게 갖춰야 하는지 물 흐르듯 설명한다.

문장은 막힘없이 읽힌다. 이런 문장의 리듬은 군더더기를 모두 제거한 단문이기 때문에 형성됐을 것이다. 문장마다 기승전결이 명확한 것도 큰 역할을 한다.

일곱 번째 문장에서 질문을 던진다. 마침 '어떻게'가 궁금했던 지점에서 던진 질문은 긴장감을 준다. 여러 문장으로 풀지 않고 곧바로 나온 답변과 이견을 고려한 마지막 문장은 단호하다.

필사 연습

한 문장씩 옮겨 적으며 소리 내 읽는다.

작문 실습

아래 예시문을 참고해 자유 주제로 글을 쓴다.

작문 예시 | 양파 껍질을 계속해서 한 겹씩 벗겨나가는 것은 '알맹이'를 캐기 위해서다. 알맹이를 캐야 실마리가 풀린다. 한 겹씩 벗기지 않고 한 번에 벗기면 불규칙한 모양이 되어 수습하기 어려워진다. 먼저 주변을 정리해야 한다. 그래야 중요한 것과 그렇지 않은 것을 갈라낼 수 있다. 주변을 정리하려면 먼저 안목과 식견이 서야 한다. 안목과 식견은 어떻게 갖출 수 있는가? 일단 옥석을 가리지 말고 따져보고 헤아려보아야 한다. 일견 순환어법처럼 보이지만 그렇지 않다.

비문학 필사 예시문 (인문학)

> 자기 변화는 최종적으로 인간관계로서 완성되는 것입니다. 기술을 익히고 언어와 사고를 바꾼다고 해서 변화가 완성되는 것은 아닙니다. 최종적으로는 자기가 맺고 있는 인간관계가 바뀜으로써 변화가 완성됩니다. 이것은 개인의 변화가 개인을 단위로 완성될 수는 없다는 것을 뜻합니다. 그리고 더욱 중요한 것은, 자기 변화는 옆 사람만큼의 변화밖에 이룰 수 없다는 뜻이기도 합니다. 자기가 맺고 있는 인간관계가 자기 변화의 질과 높이의 상한(上限)입니다. 같은 키의 벼 포기가 그렇고 어깨동무하고 있는 잔디가 그렇습니다.
>
> 신영복, 『담론』, 돌베개, 2015, 239~240쪽

글 분석 포인트

- '자기 변화'에 대한 저자의 성찰이 돋보인다.
- '자기 변화'의 완성을 '인간관계의 변화'로 설득력 있게 연결한다.
- 단 한 번의 접속사로 앞서 말한 내용을 강조하고 요약한다.
- 쉬운 사례로 이해를 돕는다(벼 포기, 잔디).

고(故) 신영복 교수는 1968년 통일혁명당 사건으로 구속되어 무기징역을 선고받았는데 복역한 지 20년 만에 광복절 특별가석방으로 출소했다. 『담론』은 1989년부터 성공회대학교에서 했던 강의 노트

와 녹취를 재구성한 책이다.

좋은 문장이란 기술만 좋아서는 안 된다. 장황하고 화려한 문장은 공허하다. 우리가 오래 기억하는 문장은 성찰이 담겨 있다. 위예시문을 구체적으로 살펴보자. 먼저 첫 문장에서 자기 변화의 정의를 밝힌다. 두 번째 문장에서 이견을 말한다. 세 번째 문장에서 조금 더 구체적으로 설명한다. 네 번째 문장에서 마지막 문장까지과하지 않은 표현으로 차근차근 설명한다. 지나치지 않은 표현으로강요하지 않으면서 독자를 설득한다. 문장 길이가 일정하게 이어지기 때문에 안정감 있다. 문단 가운데 부분에서 "그리고 더욱 중요한것은"을 두어 전달하려고 하는 생각을 강조한다.

자신의 신념이나 가치관을 고심해보고 생각나는 게 있다면 정의를 내려보자. 이견이 예상된다면 그것도 적어본다. 첫 번째 내린 정의를 다시 한번 구체적으로 설명하고 적절한 예시를 찾아보자. 이런 방법으로 차근차근 작문까지 해보자.

필사 연습

한 문장씩 옮겨 적으며 소리 내 읽는다.

작문 실습

아래 예시문을 참고해 자유 주제로 글을 쓴다.

> **작문 예시** | 소통은 최종적으로 경청으로써 완성되는 것입니다. 기술을 익히고 말하기를 잘한다고 해서 소통이 잘되는 것은 아닙니다. 최종적으로는 자신의 입을 닫고 상대방의 말을 잘 들어야 소통이 완성됩니다. 이것은 열린 마음이 있어야 가능합니다. 그리고 더욱 중요한 것은, 소통은 가장 가까운 사람들과 원활해야 한다는 점입니다. 타인이 기준이 아닙니다. 가족이 그렇고 자기 자신과의 대화가 그렇습니다.

비문학 필사 예시문 (사회과학)

> 말이 나눔이 되기 위해서는 자신의 근심과 걱정이 타자가 알아들을 수 있는 언어로 번역되어야 한다. 설사 그것이 사적인 투덜거림이라고 하더라도 자신이 겪고 있는 문제를 자신만이 아닌 모두의 이야기, 아니면 적어도 사회적 관심을 가질 만한 소재로 만들어내는 작업이 뒤따라야 한다. 내 이야기에 누군가 다른 이가 맞장구를 치며, 자신도 그렇다고 말할 수 있게 하는 것을 통해 사적인 근심과 걱정은 나 하나만의 문제가 아니라 모두의 문제가 될 수 있다. 이것이 바로 공적인 이야기를 만들어가는 과정이다.
>
> 엄기호, 『단속사회』, 창비, 2014, 186쪽

글 분석 포인트

- 첫 문장에서 말의 나눔에 대한 저자의 생각을 분명히 밝힌다.
- 두 번째 문장에서 '말'의 범위를 '사적인 투덜거림' '모두의 이야기' '사회적 관심을 가질 만한 소재'로 확장한다.
- '투덜거림'을 '사적인 근심과 걱정'으로, '모두의 이야기'를 '모두의 문제'로 달리 표현하여 의미를 넓힌다.
- 마지막 문장에서 앞서 말한 이야기를 압축하여 정리한다.

사회학자 엄기호의 『단속사회』 부제는 '쉴 새 없이 접속하고 끊

임없이 차단한다'이다. 현대인이 관계를 맺는 현상을 저자는 '단속'
이란 개념으로 풀어낸다. 그는 생생한 현장 연구와 사례를 해석하
는 예리한 관점을 풀어내 '망원경과 현미경을 두루 갖춘 소장학자'
라는 평을 받는다.

첫 문장에서 저자가 생각하는 말의 나눔에 대해 설명한다. 두 번
째 문장부터는 첫 문장에서 주장한 문제에 대한 근거를 차근차근
풀어낸다. 첫 문장의 말은 '알아들을 수 있는 언어'다. 두 번째 문장
에서 '말'을 '사적인 투덜거림' '모두의 이야기' '사회적 관심을 가
질 만한 소재'로 다양하게 설명한다. 단어의 반복을 피하고 저자가
생각하는 의미를 명확히 하기 위해 '투덜거림'을 '사적인 근심과 걱
정'으로 '모두의 이야기'를 '모두의 문제'로 달리 사용한다. 마지막
한 문장으로 자신의 주장을 집약한다.

필사 연습

한 문장씩 옮겨 적으며 소리 내 읽는다.

작문 실습

작문 예시 | 배려가 진심이 되기 위해서는 자신의 생각과 감정이 타자가 알아들을 수 있는 언어로 번역되어야 한다. 설사 그것이 한 사람의 개성이라 하더라도 자신이 표현하는 행동이 자신만이 아닌 타인의 이야기, 아니면 적어도 사회적 관심을 가질 만한 소재로 만들어내는 작업이 뒤따라야 한다. 나의 배려가 다른 이에게 도움이 되고, 자신도 그렇게 배려받음으로써 배려는 개인적으로 끝나는 게 하니라 모두가 동참할 운동이 될 수 있다. 이것이 바로 사회적 공동체를 만들어가는 과정이다.

03

명쾌하게 써보자

미디어 필사

미디어 필사는 논리적 사고 훈련이 필요한 사람들에게 적합하다. 본인의 생각을 조리 있게 표현하기 어렵거나 사실을 정확히 전달하기 어렵다면 신문 기사와 칼럼을 필사해보자.

신문 기사는 육하원칙이 기본이다. 내용은 주관적 판단, 감정, 정치적 편향을 배제해야 한다. 기본적으로 '누가' '언제' '어디서' '무엇을' '어떻게' '왜'에 따라 사실을 검증할 수 있어야 한다. 어떤 사실을 있는 그대로 효과적으로 전달하는 데 중점을 두기 때문에 최대한 쉽고 간결한 문장으로 구성되어 있다.

좋은 문장의 요건 중 하나는 접속사를 쓰지 않는 것이다. 신문 기사도 예외는 아니다. 접속사와 관련해 기사문에서 특별히 유의할 점은 인과 관계의 접속사 '그래서' '그런데' '그리하여' 등을 되도록 쓰지 않는 것이다. 인과 관계는 그 자체가 추론이고 판단이기 때문이다.

매일 여러 편의 기사를 읽으면 좋겠지만 일주일에 최소 한 편씩이라도 읽는 습관을 들일 필요가 있다. 필사는 기사 전문을 하지 않고 일부를 옮겨 적는 방식으로 한다. 기사를 여러 번 반복해서 읽고 내용이 사실인지, 쉽게 전달되었는지 판단한다. 왜 이 기사가 잘 읽히는지 이유를 적으면 더욱 좋다.

신문 기사를 필사할 때에는 다른 훈련도 겸해보자. 기사를 요약해보는 것이다. 요약은 텍스트의 핵심을 간추리는 기술이다. 책 한 권을 요약하기보다는 기사나 드라마, 칼럼을 요약하는 편이 훨씬 쉬우니 시도해보자.

미디어 필사 예시문 (신문 기사)

> '연년생 자녀 3명, 5년의 출산휴가, 당당한 복직 신청.'
> 일과 가정에 치여 사는 맞벌이 부부에게는 꿈같은 얘기다. 대부분 육아·가사 부담을 진 한국 여성들에게는 하루하루가 전쟁이다. 8일 109번째 '세계 여성의 날'을 맞았지만 국내 일·가정 양립 토양은 여전히 척박하다. 109년 전 여성들은 선거권과 노조 결성을 위해 싸웠지만 지금 한국 여성은 일·가정 양립이라는 또 다른 전쟁과 마주하고 있다.
>
> 김정환, 「'슈퍼맘' 아니면 어때요… 아기 푸기 마세요」, 《매일경제》, 2017. 3. 7

글 분석 포인트

- 첫 문장을 인용으로 시작하여 눈길을 끈다.
- 이어지는 문장에서 현실을 반영한 반론을 제기한다.
- '대부분'을 씀으로써 그렇지 않은 여성들을 고려한다.
- 구체적인 팩트를 제시한다.
- 마지막으로 긴 문장을 써서 현실적인 문제를 여과 없이 보여준다.

예시문은 해당 신문 기사의 도입부다. '세계 여성의 날'을 맞이하여 다자녀 엄마로 아시아나 항공 승무원으로 일하는 여성을 인터뷰한 기사다. 기자는 인터뷰한 여성이 말하려는 주제를 첫 문장에서 강렬하게 내놓는다. 다음 문장에서는 일에 치여 사는 여성의 현실을 풀어내 반론을 제기한다. 세계 여성의 날에 적절한 사례로 우리나라 여성의 현실을 여과 없이 보여준다. 필자의 주관적인 감정은 배제했다. 세 번째 문장에서 '대부분'을 사용함으로써 반대 상황을 고려하여 균형을 유지한다. 그다음 이어지는 정확한 날짜, 연도는 정확한 정보다. 마지막 문장은 앞의 문장보다는 다소 길지만 현실적인 문제를 그대로 보여주는 데 적절하다.

　『글쓰기 생각쓰기』(돌베개, 2007)에서 윌리엄 진서는 "다른 작가를 모방하기를 주저하지 말자. 모방은 예술이나 기술을 배우는 사람이라면 누구나 거치는 창조적 과정의 일부다"라고 했다. 한 권의 책도 좋은 본보기지만 조금 더 손쉽게 접근할 수 있는 신문 기사를 통해 있는 그대로의 사실을 정확하게 표현하는 기술을 자주 살펴보자. 매일 쏟아지는 수많은 기사 중 자신의 관심사를 다루거나 뛰어난 문장력으로 회자되는 기자의 글을 선별해 유용한 교재로 활용하는 것이 좋은 방법이다.

필사 연습

한 문장씩 옮겨 적으며 소리 내 읽는다.

작문 실습

아래 예시문을 참고해 자유 주제로 글을 쓴다.

작문 예시 | '국정교과서 93개교 신청, 총5,858권 배포 예정.'

국정교과서를 수업 보조 교재나 방과 후 활동 교재로 쓰겠다고 신청한 학교가 93개다. 어느 지역의 어떤 학교가 국정교과서를 신청했는지 궁금할 따름이다. 과거 국정교과서를 신청한 학교를 일부 교육청이 언론에 공개한 후 모두 철회를 했다는 소식이 있었으나 사실과 다르다고 밝혀졌다. 1차 발표 후 19개 학교가 추가로 신청을 했고 9개 학교가 철회를 하면서 신청 수는 10개가 증가되었다. 교육부의 '지원금 중단'이란 압박이 있었을지 모를 일이나 부정확한 서술로 역사 인식이 왜곡될 우려가 있는 교과서를 뒤늦게 채택한 이유가 궁금한 시점이다.

미디어 필사 예시문 (신문 기사)

> 3일 간의 추석 연휴에 대체 공휴일과 임시 공휴일, 한글날, 두 차례 주말까지 더해진 열흘 동안의 황금 연휴. 하지만 모두에게 쉬는 날은 아니다. 연휴 전날 저녁부터 다음날 아침까지 최장 11박12일을 집에도 가지 못하고 견뎌내야 하는 이들도 있다.
>
> 통상 오후 4시30분에 출근해 익일 오전 8시30분에 퇴근하는 학교 야간 당직기사가 그들이다. 하루 16시간씩 근무하는 평일은 그나마 낫다. 주말이나 휴일은 더하다. 주간에도 교대 없이 근무해야 해 며칠이고 학교를 혼자 지켜야 한다. 올해 추석 연휴는 그 절정이다. '학교 감옥'이라는 말이 맞았다.
>
> 김봉구, 「장장 11박12일 텅 빈 학교에 갇힌 야간 당직기사」, 《한국경제》, 2017. 10. 7

글 분석 포인트

- 숫자를 활용해 이해하기 쉽다(3일간, 열흘 동안, 11박12일, 4시30분, 8시30분, 16시간).

- 기자의 의견 없이 사실만 정확히 전달한다.

- 간결하면서 구체적인 정보를 유지한다.

- 당직기사가 말한 '학교 감옥'이라는 표현을 기사 초반에 인용해 호소력을 띤다.

사실만 정확하게 전달하는 신문 기사는 기자의 판단이나 의견은 반영하지 않는다. 객관적인 서술만 하는 게 기사의 역할이다. 예시문의 기사는 황금연휴와 근무 시간을 정확히 언급하여 독자가 이해하기 쉽다. 간결한 문장으로 가독성을 살리고 사실만 전달한다. 당직기자들의 근무 여건이 어떤지 기사 초반에 근거를 제시하며 밝힌 뒤, 당사자가 말한 '학교 감옥'이라는 말을 사용하면서 이후 내용에 대한 흥미를 유발한다. 누가 이야기했는지, 왜 그런지 궁금증을 유발한 기자의 여유가 돋보인다.

숫자를 활용하여 사실을 그대로 전달하는 기사를 작문해보자. 의견은 반영하지 않는다. 있는 그대로의 팩트만 전달한다. 사실과 의견 사이에서 객관적인 거리를 유지하는 연습이다.

필사 연습

한 문장씩 옮겨 적으며 소리 내 읽는다.

작문 실습

아래 예시문을 참고해 자유 주제로 글을 쓴다.

> **작문 예시** | 3일간의 공식 여름휴가에 대체 공휴일과 임시 공휴일, 광복절, 한 차례 주말까지 더해진 열흘 동안의 황금연휴. 하지만 모두에게 휴가는 아니다. 연휴 전날부터 다음 날 아침까지 최장 9박 10일을 집에도 가지 못하고 견뎌야 하는 이들도 있다.
> 통상 오전 9시에 출근해 익일 오전 9시에 퇴근하는 전기공사 기사가 그들이다. 하루 24시간의 근무는 비수기엔 그나마 낫다. 무더운 휴가철은 더하다. 더운 날씨에 전력량이 많아지면서 일은 증가한다. '전기 감옥'이라는 말이 맞았다.

지금까지 사실 전달에 방점을 둔 신문 기사를 필사했다면 이제 주장 전개와 설득이 핵심인 칼럼 필사를 해보자. 칼럼에서 중점적으로 봐야 할 짐은 글의 흐름과 전개 방식이다. 설득력을 높이고 싶거나 자신의 생각을 명쾌하게 정리하고 싶다면 칼럼을 읽고 분석한 뒤 필사와 작문을 해봐야 한다. 머릿속에 떠오르는 소재나 주제를 어디서부터 어떻게 정리할지 막막한 사람에게 필요한 과정이다.

칼럼을 고르는 좋은 방법은 자신의 관심 분야를 찾는 것이다. 그래야 잘 읽히고 내용이 보인다. 필자가 생각을 풀어내기 위해 글을 이렇게 구성하여 전개하는지 파악하는 게 우선이다. 칼럼은 기사와 다르게 첫 문단에 개인적인 견해를 포함하기도 한다. 우선 몇 문단인지 적어본다. 그다음 문단별 키워드를 뽑는다. 이제 세부적으로 각 문단의 주제를 드러내기 위해 어떻게 전개하는지 살핀다.

칼럼은 주제를 근거하기 위해 다양한 사례를 인용한다. 자료나 사례는 어떤 순서로 배치했는지만 파악하고 필사하지 않는다. 즉, 주제가 집약된 문단만 선별하여 필사한다. 부담스럽지 않은 양을 정해 반복해서 읽는다. 문장 개수를 센다. 천천히 필사한다. 자주 반복하면 칼럼 보는 안목이 생긴다. 자신의 주장을 전개하는 방식이 서투른 사람이라면 문학 필사보다 칼럼 필사가 효과적이다. 요일을 정해 문학, 비문학, 미디어 필사를 번갈아가며 훈련해보자.

미디어 필사 예시문 (칼럼)

굳이 말하자면 나 역시 그렇다고 해야 할 텐데, 그러나 이는 인식의 영역과 감정의 영역이 별개라는 전제 하에서만 그렇다. 그러나 과연 그런가. 그 둘이 서로 뒤섞여 있는 것이라면? 감정의 영역에서 이루어지는 일도 인식의 영역과 밀접한 관련이 있는 것이라면? 결론을 당겨 말하자면 이렇다. 어떤 책이 누군가를 위로할 수 있으려면 그 작품이 그 누군가에 대한 정확한 인식을 담고 있어야 한다는 것. 위로는 단지 뜨거운 인간애와 따뜻한 제스처로 가능한 것이 아니다. 나를 제대로 이해하지 못한 사람이 나를 위로할 수는 없다. 더 과감히 말하면, 위로받는다는 것은 이해받는다는 것이고, 이해란 곧 정확한 인식과 다른 것이 아니므로, 위로란 곧 인식이며 인식이 곧 위로다. 정확히 인식한 책만 정확히 위로할 수 있다.

신형철, 「'인식'이 곧 '위로'라는 것」, 《광주일보》 '신형철의 칼럼', 2016. 6. 16

글 분석 포인트

- 초반에 두 가지 질문을 던짐으로써 주제 의식을 부각한다.
- 결론을 먼저 말하고 근거를 찾는 방식은 자신감이 넘치며 설득력 있다.
- '인식'과 '위로'에 대한 필자의 정의를 분명하게 밝힌다.
- "더 과감히 말하면"으로 시작하는 마지막 문장은 다소 길지만 필

자가 내린 정의를 명확하게 설명한다.

문학평론가 신형철은 「'인식'이 곧 '위로'라는 것」이라는 제목으로 자신의 전문 분야인 문학을 근거로 '위로'를 정의했다. 칼럼의 첫 문단은 본인이 쓴 문장을 인용하며 시작한다. "문학이 위로가 아니라 고문이어야 한다는 말도 옳은 말이지만 그럼에도 가끔은 문학이 위로가 될 수 있는 이유는 그것이 고통이 무엇인지를 아는 사람의 말이기 때문이고 고통 받는 사람에게는 그런 사람의 말만이 진실하게 들리기 때문이나."

칼럼 첫 문단에서 '위로'라는 주제를 먼저 던진다. 예시문인 두 번째 문단에서는 첫 문단에서 밝힌 주제의 결론을 먼저 말한다. 이어 세 번째에서 다섯 번째 문단까지 자신이 내린 정의를 뒷받침하는 예시를 구체적으로 서술한다. 칼럼의 구성은 필자가 정하기 나름이다. 주제를 첫 문단이나 마지막 문단에 배치하느냐는 중요하지 않다. 생각을 객관적으로 어떻게 설득력 있게 전개했는가가 관건이다.

예시문은 아홉 개의 문장만으로 주제를 설득력 있게 전개했다. 주제 하나를 정해 아홉 개의 문장으로 작문해보자. 예시문과 반 이상 유사하다면 성공이다. 똑같이 쓸 수는 없다. 좋은 문장과 짜임새 있는 구성을 바탕으로 자기화하는 게 곧 문장력 향상의 길이다.

필사 연습

한 문장씩 옮겨 적으며 소리 내 읽는다.

작문 실습

아래 예시문을 참고해 자유 주제로 글을 쓴다.

> **작문 예시** | 그 문제라면 나 역시 동의해야 할 텐데, 그러나 이는 가족도 타인이라는 전제하에서 그렇다. 그러나 과연 그런가. 가족을 자신과 동일하게 생각하고 있다면? 가족 때문에 자신을 기꺼이 포기할 여지가 있다면? 결론부터 말하면 이렇다. 인간이라는 개별 인격체로 존중받고자 한다면 혈연관계도 타자로 인정할 수 있어야 한다는 것. 가족은 내가 될 수 없다는 점을 분명하게 인지해야 한다. 나의 가치관을 가족에게 주입하는 사람은 자신도 독립할 수 없다. 더 심하게 말하면, 가족도 타자이고, 타자는 자신이 아니므로, 인정이란 곧 독립이며 동일화는 곧 간섭이다. 완벽하게 서로를 인정하는 관계만이 개별성을 존중받을 수 있다.

미디어 필사 예시문 (칼럼)

동네에서 나올 때도 들어갈 때도 거치는 버스정류장은 동네의 문이다. 그 문은 바퀴로, 소문으로, 사람으로 열고 닫힌다. 일터를 향한 출항과 안식을 위한 귀항이 이어진다. 그 잇고 있음이 곧 소통의 기본구조다. 하지만 개인과 개인, 개인과 동네, 동네와 동네의 소통은 말처럼 쉽지 않다. '바르게 살자'를 '빠르게 살자'로 읽는 시절이라 시간이 걸리는 소통보다는 시간이 들지 않는 불통이 일상이다. 서로에게 무관심한 개인끼리 모여 있으면 버스정류장은 오히려 불통의 장소가 된다. 사람끼리도 불통인데 어이 다른 맥락의 소통을 꿈꿀 수 있을까.

이일훈, 「이야기가 있는 버스정류장」, 《경향신문》 '사물과 사람사이', 2012. 2. 6

글 분석 포인트

• 건축가 시선에서 본 버스정류장의 전문적 해석이 돋보인다.

• 중언부언하지 않고 간결한 문장으로 이어져 잘 읽힌다.

• 개인끼리 무관심한 현실적인 문제를 정확히 짚어낸다.

• '불통'을 '소통'으로 치환할 방법을 질문하는 방식으로 다음 내용을 자연스럽게 유도한다.

각 분야의 전문가가 쓴 칼럼을 많이 읽으면 정보도 정보지만 새로운 시선으로 사회와 사물을 바라볼 기회를 얻을 수 있다. 예시문은 칼럼의 도입부다. 중후반부 내용은 버스정류장에 만화를 그려놓은 한 동네를 소개하고 동네가 통하면 세상이 통한다는 결론을 내린다.

우선 첫 문장에서 버스정류장을 동네의 문으로 비유한다. 고전적인 동네 개념이 거의 사라진 현대 사회에서 소통의 필요성을 피력하기 위해 자기 분야와 밀접한 공간적 사례를 사용한다. 세 번째 문장까지는 소통의 기본 구조를 설명하기 위한 예시다. 명료하고 밀도 있는 짧은 문장으로 이어져 이해하기 쉽다. 네 번째 문장부터는 반대 의견을 서술한다. 이상적인 소통과 반하는 현실적 불통을 현대인의 성급한 삶의 태도로 설명해 내용적 균형감을 잃지 않는다. 마지막 문장은 또 다른 맥락의 소통을 제시하면서 다음에 이어질 내용을 암시한다.

자신의 의견을 뒷받침하기 위해 사용한 근거는 납득 가능해야 한다. 칼럼을 필사하면서 문장이 유기적으로 연결되는지 주의 깊게 살펴보자. 작문을 할 때도 마찬가지다. 문장과 문장의 인과 관계가 맞는지 확인하면서 밀도 있게 내용을 연결하는 연습이 필요하다. 이때 주의할 점은 접속사가 없어도 문장 연결이 자연스러워야 한다는 것이다. 예시문처럼 필요할 때만 적절히 사용하면 된다.

필사 연습

한 문장씩 옮겨 적으며 소리 내 읽는다.

작문 실습

아래 예시문을 참고해 자유 주제로 글을 쓴다.

작문 예시 | 한국에서 나올 때도 들어갈 때도 거치는 공항은 나라의 문이다. 그 문은 날개로, 소문으로, 사람으로 열고 닫힌다. 일터를 향한 출항과 안식을 위한 귀국이 이어진다. 그 잇고 있음이 곧 소통의 기본 구조다. 하지만 개인과 개인, 개인과 국가, 국가와 국가의 소통은 말처럼 쉽지 않다. '바르게 살자'를 '빠르게 살자'로 읽는 시절이라 시간이 걸리는 소통보다는 시간이 들지 않는 불통이 일상이다. 언어가 다른 개인끼리 모여 있으면 공항은 오히려 불통의 장소가 된다. 사람끼리도 불통인데 어이 다른 맥락의 소통을 꿈꿀 수 있을까.

미디어 필사 예시문 (칼럼)

우리는 이야기로 세상을 배운다. 인류가 집단을 이루고 살면서, 게다가 사회적 관계는 갈수록 복잡해지면서, 우리는 주변 사람들에 대해 점점 알기가 어려워졌다. 구성원에 관한 정보를 확산시키는 효과적인 방법의 하나는 바로 이야기다. "걔 어때? 요즘 걔 뭐 하니?" 우리가 이야기로 인간과 세상과 나를 배운다는 것은, 이야기가 없는 인간에는 관심이 없으며 이야기가 없는 제품에는 매력을 못 느낀다는 뜻이다. 뇌는 이야기에 민감하게 반응하고 이야기를 통해 세상을 읽는다. 모든 것을 인과관계로 설명하고 싶어 하고, 그 안에서 매력적인 이야기를 발견한다. 설동설을 넘어, 이 우주는 거대한 이야기 덩어리다.

정재승, 「지구는 이야기를 중심으로 돈다」, 《한겨레》 '정재승의 영혼공작소', 2017. 3. 12

글 분석 포인트

- 문장의 다양한 길이는 리듬을 만들고 가독성을 살린다.
- 장황하지 않고 명료하다.
- 불필요한 꾸밈이 없이 담백하게 풀어낸다.
- 이야기에 대해 쉽게 설명하다가 마지막에 한 문장으로 정돈한다.

　　과학자 정재승의 칼럼은 전문적이면서 쉽다. 예시문은 칼럼의 후반부인데 도입부는 제목에 걸맞게 에피소드로 시작하여 흥미롭다. 전문적이고도 다양한 사례를 통해 '이야기'에 대한 생각을 풀어놓은 글이다.

장황하지 않다. 길이가 다른 문장들은 리듬감을 만들고 가독성을 높여준다. 이야기하듯 풀어내며 불필요한 꾸밈말을 섞지 않는다. 첫 문장 "우리는 이야기로 세상을 배운다"는 다섯 번째 문장 "이야기로 인간과 세상과 나를 배운다는 것"으로 세분화하여 범위를 구체화한다. 앞서 말한 설명을 한 문장으로 요약하여 여섯 번째 분상으로 조금 더 확장했다. 자신의 전문 분야인 뇌와 세상과 인간까지 연결하다 마지막 문장에서 "우주는 거대한 이야기 덩어리"라는 정의를 명료하게 내린다.

예시문을 그대로 필사한 후 자신이 평소 관심을 기울이는 전문 분야를 주제로 정하여 세상과 연결 짓는 작문을 시도해보자. 정재승 박사가 뇌와 이야기를 엮은 것처럼 사고의 범위를 확장하기 위해 자료를 찾아보고 어떻게 구조를 짜야 할지 미리 구상하면 접근하기 쉬울 것이다.

필사 연습

한 문장씩 옮겨 적으며 소리 내 읽는다.

작문 실습

아래 예시문을 참고해 자유 주제로 글을 쓴다.

> **작문 예시** | 우리는 음악으로 세상을 배운다. 인류가 집단을 이루고 살면서, 게다가 사회적 관계는 갈수록 복잡해지면서, 우리는 주변 사람들에 대해 점점 알기가 어려워졌다. 세대 간에 관한 정보를 확산하는 효과적인 방법의 하나는 바로 음악이다. "요즘 뭐 들어?"
> 우리가 음악으로 세대 간 소통을 한다는 것은, 음악을 안 듣는 인간은 메말랐으며 음악이 없는 영상에는 매력을 못 느낀다는 뜻이다. 뇌는 음악에 민감하게 반응하고 음악을 통해 세상을 읽는다. 춤을 추고 싶어 하고, 그런 행동으로 대화를 시도한다. 이 사회는 거대한 멜로디 천국이다.

4장

단계별
필사
작문 코칭

01

여전히 글쓰기가 두렵다면

초급 필사 작문 코칭

1장부터 3장까지 필사의 목적과 효과 그리고 분야별 필사법을 알아보았다. 이제부터는 실전이다.

아직도 글쓰기가 두려운가? 초급 필사는 쓰고 싶은 욕구는 있으나 어디서부터 손을 대야 할지 모르는 이들이 손쉽게 시작할 수 있는 단계의 훈련이다. 글을 자주 써보지 못한 사람도, 문장력 훈련을 해보지 않은 사람도 쉽게 할 수 있다. 문장 기초를 쌓는 데 효과 만점이다. 아무것도 갖추지 않은 상태에서 글쓰기를 시작한다는 것은 맨땅에 헤딩하는 것과 같다. 잘 빚은 틀에 자신의 생각을 담아보자. 단계별로 꾸준히 연습하면 어느 순간 유려해진 자신의 글을 발견하게 된다.

이때 수동적으로 필사하지 않는 것이 중요하다. 필사하기 전, 먼저 글을 해체하고 분석한다. 전문 작가의 탄탄하고 치밀한 글을 세밀하게 관찰한다. 독자들이 선호하는 글은 쉽고, 재미있고, 전달력이 있다. 처음부터 복잡한 구조를 지닌 문장을 필사하기보다 분석하기 쉬운, 주제가 선명한 글을 옮겨 적자. 그런 뒤 작문 예시문과 코칭(첨삭) 내용을 살펴보고 자신만의 작문과 첨삭을 해보자.

1단계 초급에서는 다음 세 가지를 유의하며 작문한다. 첫째, 간단명료하게 쓴다. 둘째, 중복을 피한다. 셋째, 문장의 구성 요소가 호응을 이뤄야 한다. 이를테면 주어와 서술어, 목적어와 서술어가 호응이 돼야 한다. 부사어와 서술어도 마찬가지다. 작문에 필요한 요소들을 한 번에 하나씩 적용해보자.

개략적인 작문 과정은 아래와 같다.

문학 필사 예시문 (국내 소설)

물수리는 눈을 크게 뜨고 그 밝은 점을 내려다본다. 그것은 점이 아니었다. 그가 처음 보는 이상한 연어였다. 무리들에게 둘러싸인 그 연어는 다른 연어들과는 달리 등쪽이 온통 은빛으로 번쩍거린다. 대부분의 바닷고기들은 배쪽은 흰색이지만 등쪽은 검푸르다. 그 이유는 바다 위로 노출되는 등짝 부분을 바닷물 색깔로 위장해야 하기 때문이다. 그러면 물고기를 멀리서 내려다보는 한심한 새들은 곧잘 속아넘어가는 것이다.

안도현, 『연어』, 문학동네, 2017, 16쪽

글 분석 포인트

• 물수리가 연어를 사냥하는 모습이 생생하게 떠오른다.

• 주어를 다양하게 변주하여 단조로움을 피했으며 글의 긴장감을 높인다(물수리는, 그가).

• 연어와 바닷물고기의 생김새를 대조해 묘사한다.

• 문장 길이를 조절하여 리듬감 있게 읽힌다.

좋은 문장일수록 군더더기 없이 깔끔하다. 물수리가 사냥하는 장면을 '물수리'의 시선으로 군더더기 없이 간명하게 묘사했다. 접속사는 대부분 글의 긴장감을 떨어뜨린다. 위 예시문은 접속사가 없이도 문맥이 매끄러울 수 있다는 걸 보여준다. 연결 어미 '-지만' 뒤에 정확히 반대 내용이 쓰였다.

작문과 첨삭의 예

작문의 예와 각 번호에 해당하는 첨삭 내용을 확인한다.

> ① 고양이는 눈을 뜨고 그 밝은 점을 내려다본다. 그것은 점이 아니었다. 그가 처음 보는 이상한 ① 쥐였다. 쓰레기에 둘러싸인 그 쥐는 다른 쥐들과는 달리 등쪽이 온통 ② 하얗게 빛났다.
> 대부분의 쥐들은 배쪽은 연한 회색이지만 등쪽은 진회색이다. 그 이유는 고양이에게 노출되는 등짝 부분을 ③ 쓰레기로 위장해야 하기 때문이다. 그러면 쥐를 멀리서 바라보는 고양이는 곧잘 속아 넘어가는 것이다.

① 천적 대상을 '물수리와 연어'에서 '고양이와 쥐'로 바꿔 원문의 내용을 그대로 유지한 점이 좋습니다.

② 원문과 비슷한 부사 '하얗게'와 동사 '빛났다'를 사용하여 내용이 자연스럽게 연결됐네요.

③ 원문의 '바닷물 색깔'을 쥐와 관련성이 높은 '쓰레기'로 치환한 아이디어가 돋보입니다.

작문과 첨삭 실습

앞의 첨삭 내용을 참고해 작문을 고쳐 써본다.

문학 필사 예시문 (에세이)

마당 가꾸기는 내 집 마당이라는 소유욕과 이웃집 마당보다 더 예쁘고, 가지런하고 싶은 일방적인 경쟁심 때문에 고달프지만 그것도 노동이라고 그 후의 휴식은 감미롭다. 집 앞이 바로 숲이다. 숲이 일 년 중 가장 예쁠 때가 이맘때다. 매해 보는 거지만 5월의 신록은 매번 처음 보는 것처럼 새롭고 눈부시다.

박완서, 『못 가본 길이 더 아름답다』, 현대문학, 2010, 18쪽

글 분석 포인트

- 연결 어미 '-고'와 '-지만'을 써 '마당 가꾸기'의 불편한 점과 좋은 점을 한 문장에 잘 잇는다.
- 문장 길이를 조정하여 리듬감이 느껴진다.
- '감미롭다' '숲이다' '이맘때다' '눈부시다' 등 서술어가 간단하고 명료하다.
- '처음' '새롭고' 같은 비슷한 어휘를 반복 사용함으로써 '신록'의 푸름을 강조한다.

첫 문장은 '마당 가꾸기는 고달프지만 그 후의 휴식은 감미롭다'로 요약할 수 있다. 길이가 길어도 주술 호응이 명확하기 때문에 문장의 내용 전개가 논리적이다. 첫 번째 문장과 두 번째 문장 길이가

다소 차이가 있다. 세 번째 문장부터 연이어 쓰인 문장이 점점 길어진다. 문장 길이를 조정함으로써 긴장감과 리듬감을 살렸다.

작문과 첨삭의 예

작문의 예와 각 번호에 해당하는 첨삭 내용을 확인한다.

> ①성형은 아름다움에 대한 동경과 남들보다 더 예쁘고, 멋져 보이고 싶은 일그러진 욕망 때문에 괴롭지만 그것도 노력이라고 수술 ②후의 만족감이 높다. 집 앞이 바로 성형외과다. 겨울이 일 년 중 가장 성형하기 좋을 때다. 하지만 ③성형은 매번 처음 하는 것처럼 두렵고 떨린다.

① 요즘 현대인이 관심을 기울일 만한 '성형'이라는 소재를 가져와 흥미롭습니다.
② 원문과 달리 조사 '-의'를 빼 '수술 후'로 쓰면 더 자연스럽겠네요. 일본어 투인 조사 '의'는 되도록 사용하지 않는 편이 좋습니다.
③ 서술어 '두렵고 떨린다'의 주체가 '성형'이 될 수 없습니다. '성형은 매번'을 '성형할 때마다'로 고쳐주면 정확한 문장이 됩니다. 주술 호응, 잊지 마세요.

작문과 첨삭 실습

앞의 첨삭 내용을 참고해 작문을 고쳐 써본다.

비문학 필사 예시문 (인문학)

> 죽음은 결코 끝이 아니다. 또 다른 생으로 이동하기 위한 관문일 뿐
> 이다. 우주의 운행이 멈추지 않는 한 생명의 순환계에 끝이란 없다.
> 죽은 뒤, 우리의 몸은 다시 우주로 돌아갈 것이다. 혹은 바람이 되
> 고 혹은 공기가 되고 혹은 전자파가 될 것이다. 그러다 어느 순간
> 또 다시 생명의 질료가 될 것이다. 요컨대, 삶과 질병, 삶과 죽음은
> 서로 대립하지 않는다. 오히려 질병과 죽음이야말로 생이 선사하는
> 최고의 선물이다.
>
> 고미숙, 『고미숙의 몸과 인문학』, 북드라망, 2013, 27쪽

글 분석 포인트

- 어떤 사실을 강하게 부정하는 '아니다'를 써 '죽음'을 긍정적으로 바라보는 저자의 관점이 명확히 드러난다.
- '끝이 아니다' '끝이란 없다'를 반복적으로 사용해 죽음은 끝이 아님을 일관되게 주장한다.
- 죽음을 '바람' '공기' '전자파' '생명의 질료' 등 다양하게 표현한다.
- 조사 '–이야말로'를 써 죽음의 의미를 강조한다.

　　비문학은 논리가 중요하다. 하지만 논문처럼 딱딱하게 쓰면 재미가 없다. 이 글은 편안한 어투로 쓰여 친근하다. 일반적으로 부정

적 인식이 강한 '죽음'을 저자는 긍정적으로 바라보았다. 삶과 죽음의 역학 관계를 단 여덟 문장에 함축해 논리적으로 전개했다. '죽음은 끝이 아니다'라는 주제를 일관되게 서술해 글의 신뢰도를 높였다. 문장 길이를 조정하여 리듬감을 살렸다.

작문과 첨삭의 예

작문의 예와 각 번호에 해당하는 첨삭 내용을 확인한다.

> 비움은 결코 끝이 아니다. 또 다른 세계로 전진하기 위한 ①방식일 뿐이다. 앎의 욕구가 멈추지 않는 한 지식의 ②허기에 끝이란 없다. 비운 뒤, 우리의 뇌는 다시 ③가동을 시작할 것이다. 혹은 영혼의 피가 되고 혹은 살이 되고 혹은 뼈가 될 것이다. 그러다 어느 순간 또다시 배움의 원동력이 될 것이다. 요컨대, 앎과 무지, 채움과 비움은 서로 대립하지 않는다. ④오히려 무지와 비움이야말로 배움이 주는 최고의 경지다.

① 방법과 형식 모두를 의미하는 '방식'보다 '비움'이라는 구체적인 행동을 요구하는 '방법'이 문맥상 더 정확합니다.

② '허기에 끝이란 없다'보다 문맥상 '허기를 채울 수 없다'가 더 자연스럽습니다.

③ '가동을 시작할 것이다'보다 '가동할 것이다'라고 쓰면 문장이 단순해져 리듬이 살아납니다.

④ 원문 형식을 비슷하게 잘 살렸습니다.

작문과 첨삭 실습

앞의 첨삭 내용을 참고해 작문을 고쳐 써본다.

비문학 필사 예시문 (자연과학)

> 서울시 도로들이 자동차로 미어터지고 차들이 효율적으로 빠지지
> 못하는 가장 큰 이유는 주관적으로 판단하건대 합리적으로 설계되
> 지 못한 교통신호 시스템과 마구잡이식으로 뻗은 도로망 때문이다.
> 만약 사전 조사를 충분히 해서 효율적인 교통신호 체계를 구축하고
> 적재적소에 필요한 도로들을 우선적으로 확충했다면 서울의 교통
> 사정이 이렇게까지 나쁘지는 않았을 것이다.
>
> 정재승, 『정재승의 과학 콘서트』, 어크로스, 2011, 230쪽

글 분석 포인트

- 긴 문장으로 이루어졌지만 인과 관계가 명확하게 드러났다.
- 문제 상황(서울시 도로가 막히는 상황)에 대한 해결책(효율적인 교
  통 신호 체계와 도로 확충)이 구체적이다.
- '~을 것이다'라고 해 단정하지 않았다.
- 주변에서 흔히 관심을 둘 만한 소재 '교통 문제'를 소재로 해 흥
  미롭다.

다소 긴 두 문장으로 이루어진 글이지만 인과가 뚜렷하고 주술 호
응이 정확해 가독성이 좋다. 짧은 글 안에 문제 상황과 해결책에 관
한 저자의 의견이 명확히 드러나 있다. 많은 문장 수로 길게 서술해

야 뜻이 전달되는 건 아니다. 이 글처럼 쉬운 어휘를 사용하면 가독성이 높아진다.

작문과 첨삭의 예

작문의 예와 각 번호에 해당하는 첨삭 내용을 확인한다.

서울시 학생들 스케줄이 학원으로 ① 미어터지고 비용 대비 점수가 효율적으로 나오지 못하는 가장 큰 이유는 ② 주관적으로 판단하건대 합리적으로 설계되지 못한 교육 시스템과 마구잡이식으로 뻗은 경쟁 심리 때문이다. 만약 사전 조사를 충분히 해서 효율적인 교육 체계를 구축하고 적재적소에 필요한 학원들을 우선적으로 등록했다면 ③ 서울의 학생의 사정이 이렇게까지 나쁘지는 않았을 것이다.

① '미어터지고'의 주체는 학원인데 '스케줄'이 '미어터지고'라고 표현했습니다. 주술 호응이 맞도록 퇴고해보세요.

② 단언을 경계하는 표현인 '주관적으로 판단하건대'를 적절하게 활용했네요.

③ 조사 '-의'가 반복되었습니다. '-의'를 빼고 '서울 학생 사정이'로 쓰면 더 자연스럽겠지요.

작문과 첨삭 실습

앞의 첨삭 내용을 참고해 작문을 고쳐 써본다.

미디어 필사 예시문 (신문 기사)

> 기업이 10대 고교생 신분인 현장실습생을 받는 이유 가운데 하나
> 는 값싼 임금에 충성도 높은 인력을 확보할 수 있다는 점 때문이다.
> 노동자를 구하기 힘들어 애를 먹는 중소기업은 현장실습생을 통해
> 인력 부족 문제를 해소하기도 한다. 현장실습이 갖는 교육 효과나
> 노동권 보호의 가치는 외면당하기 일쑤였다. 전국교직원노동조합
> (전교조) 등 일부 단체는 현장실습제도를 아예 폐지해야 한다고 주장
> 한다.
>
> 김미향, 「부려먹기 쉬운 10대들의 현장실습…'철학이 있는' 직업교육 절실」,
> 《한겨레》, 2017. 11. 7

글 분석 포인트

- 10대 고교생 현장 실습생이 기업 현장에서 노동권을 보호받지 못하는 문제 상황을 서술했다.
- 첫 문장에서 '~이유'와 호응하는 서술 '~때문이다'가 잘 어울린다. 인과가 명확하다.
- 세 번째 문장의 주어 '가치는'과 서술부 '외면당하기 일쑤였다'의 거리가 가까워 의미를 정확히 파악할 수 있다.
- 마지막에 능동형 서술어 '주장한다'를 써 주체 '전교조 등 일부 단체'의 성격을 분명히 했다.

기사는 팩트로 정확하게 써야 한다. 무조건 사실을 기술하는 것이 팩트가 아니다. 독자가 이해하기 쉽게 구체적으로 써야 한다. 단 한 줄도 오해 없이 쓰는 것이다. 기사에서 말하는 피해 당사자는 '기업'이 아니다. 교육 효과나 노동권을 보호받지 못하는 '현장 실습 고교생'이다. 형용사 사용을 절제해 문장이 간결하다.

작문과 첨삭의 예

작문의 예와 각 번호에 해당하는 첨삭 내용을 확인한다.

> ①중학교가 자유학기제를 시행하는 이유 가운데 하나는 최대한 빨리 학생들의 적성을 찾아 진로를 정해줄 수 있다는 점 때문이다. 자신의 적성을 찾기 힘들어 하는 학생들은 각종 진로 프로그램을 통해 관심 있는 전문 분야를 간접 체험하기도 한다. ②현장 실습이 갖는 교육 효과나 진로 프로그램 밖에 있는 직업군은 외면당하기 일쑤였다. ③ 전국교직원노동조합(전교조) 등 많은 진로 교사는 허울뿐인 자유학기제를 개선해야 한다고 주장한다.

① 인과 관계가 뚜렷해 문장이 논리적입니다.

② 자유학기제의 한계점을 '교육 효과'와 '외면당한 직업군'으로 명확하게 나타냈습니다. 전혀 어색하지 않아 문장이 매끄럽네요.

③ 첫 문장에서 자유학기제의 장점을 서술했다면, 마지막 문장에서는 한계점을 잘 안착시켰습니다.

작문과 첨삭 실습

앞의 첨삭 내용을 참고해 작문을 고쳐 써본다.

미디어 필사 예시문 (칼럼)

TV와 책은 앙숙(怏宿)이다. 이제는 스마트폰까지 합류해 독서욕을 말살하고 있다. 지하철마다 책 읽는 사람 천지였던 일본도 스마트폰에 무릎을 꿇었다. 책은 정녕 이대로 사라지고 말 것인가? 문명의 근본이 책이었는데. 나는 이쯤 해서 너무 늦기 전에 TV가 책을 품어야 한다고 생각한다. 앙숙이라니까 진짜 그런 줄 알고 멀뚱멀뚱 바라만 보지 말고 TV가 책을 살려낼 방법을 찾아야 한다. 스스로 새로운 문화의 주역이라 자처하려면 책을 밀어낼 게 아니라 책과 함께 가야 한다.

최재천, 「TV와 책」, 《조선일보》 '최재천의 자연과 문화', 2018. 1. 9

글 분석 포인트

- '앙숙(怏宿)'이라는 표현을 사용해 TV로 인해 책 읽기가 사라지고 있는 문제 상황을 표현했다.
- 문제 상황을 강조하기 위해 일본 사례를 들었다.
- "정녕 이대로 사라지고 말 것인가?" 설의법을 사용하여 책이 사라지면 안 된다는 의견을 강조했다.
- 마지막 문장의 주어 'TV'는 짐작할 수 있으므로 넣지 않았다.

칼럼은 지극히 주관적인 글이다. 하지만 객관적, 논리적으로 서술해야 한다. 첫 문장은 '주어+서술어' 구조로 문제 상황을 명확하게 전달했다. 문맥상 주어가 무엇인지 미루어 짐작할 수 있는 상황이라면 굳이 사용하지 않았다. 군더더기를 없애 문장의 가독성을 높였다.

작문과 첨삭의 예

작문의 예와 각 번호에 해당하는 첨삭 내용을 확인한다.

> ① 노동과 여가는 앙숙이다. 이제는 자본까지 합류해 여가 시간을 말살하고 있다. 공원마다 휴식하는 사람 천지였던 ② 미국도 자본에 무릎을 꿇었다. 여가는 정녕 이대로 사라지고 말 것인가? 노동의 근본이 여가였는데. 나는 이쯤에서 너무 늦기 전에 노동이 여가를 ③ 품어야 한다고 생각한다. 앙숙이라니까 진짜 그런 줄 알고 멀뚱멀뚱 바라만 보지 말고 노동이 여가를 살려낼 방법을 찾아야 한다. ⑤ 스스로 진정한 노동의 주체가 되려면 여가를 밀어낼 게 아니라 여가를 즐기며 살아야 한다.

① 'TV와 책' 대신 '여가와 노동'을 소재로 써 참신하네요.

② 보조사 '-도'를 사용해 미국 상황을 예로 들었고, 이를 통해 문제를 잘 강조했습니다.

③ '품어야 한다'는 여가가 노동에 종속된 느낌을 줍니다. 조금 더 자연스러운 표현으로 바꿔보세요.

④ '여가'를 즐기며 살아야 한다는 주장을 잘 살렸습니다.

작문과 첨삭 실습

앞의 첨삭 내용을 참고해 작문을 고쳐 써본다.

지금까지 초급 필사 작문 코칭을 훈련하며 다소 어렵게 느껴졌다면 여러 문장을 작문하기보다 한 문장만 시작해도 좋다. 첫술에 배부를 수 없지 않겠는가. 예시문을 많이 변형하기보다 원문이 전하는 주제와 비슷한 소재를 선택해 연습하면 좀 더 수월하게 작문할 수 있다.

02

문장에 디테일을 넣고 싶다면

중급 필사 작문 코칭

초급 작문을 여러 번 반복한 사람이라면 기초 문장력은 갖춰진 셈이다. 잊지 말자. 간단명료한 글, 중복 피하기, 정확한 문장 구성은 문장력의 기본이다.

중급 단계는 문장 꾸미기 과정이다. 베이커리 진열장에 놓인 화려한 케이크가 반드시 판매량이 높은 건 아니다. 구매자 마음에 들어야 한다. 독자들이 흥미롭게 읽으려면 글이 단조롭지 않아야 한다. 간단명료하면서 단조롭지 않아야 한다니 어려운 주문일 수 있다.

우리말은 꾸밈말이 다양하다. 가령, '멋지다'라는 서술어 앞에 부사 '아주 매우 겁나게 미치도록'을 넣어 수식할 수 있다. 얼마나 멋지면 반복해서 수식했겠는가. 물론 이런 반복 수식은 처음엔 재미로 읽어주지만 계속되면 책을 덮어버리게 하는 장애 요소다.

《중앙일보》어문연구소 배상복 기자는 『문장기술』(씨앤아이북스, 2015)에서 문장력의 중요성을 설파했다. 남들보다 글을 잘 쓰느냐 못 쓰느냐는 결국 자신이 하고자 하는 얘기를 명확하게 전달할 수 있는 문장력에 있다고 한다. 읽는 이가 편안하게 끝까지 읽어 내려갈 수 있게끔 문장을 구성하는 능력 말이다.

초급 필사 작문 코칭이 문장력 기초 공사 단계라면 중급은 재료 선택 단계나. 문상에 필요한 석설한 어휘를 선택하여 정확한 위치에 놓으면 논리적인 문장이 된다.

중급 작문은 다음 세 가지를 유의한다. 첫째, 다양한 어휘를 사용한다. 둘째, 적확한 단어를 적재적소에 배치한다. 셋째, 논리적으로 서술한다. 이 세 가지를 기억하며 중급 작문 단계로 넘어간다.

문학 필사 예시문 (소설)

> 수지는 차를 몰고 회사로 돌아갔지만 나는 카페에 더 남아 있었다.
> 이상하게 수지를 만나면 나는 그 옛날의 철없던 시절로 돌아가버리
> 고 만다. 응석을 부리고 어깃장을 놓고 위로를 구걸한다. 나는 이제
> 옥수수가 아닌데, 그런데 수지가 그걸 모르고 있느니, 내가 이제 더
> 이상 옥수수가 아니라는 사실은 아무 의미가 없다. 나는 카페를 나
> 오면서 하늘을 쳐다보았다. 흐린 하늘에는 뒤룩뒤룩 살쩐 비둘기떼
> 만 어지러이 날아다녔다.
>
> 김영하, 「옥수수와 나」, 『오직 두 사람』, 문학동네, 2017, 122쪽

글 분석 포인트

- 연결 어미 '-지만'을 써 상대 수지와 화자의 상반된 상황, 즉 수지
  는 떠나고 화자는 남아 있는 상황을 서술했다.
- '-고 만다'는 자신의 의지와 상관없이 철없던 시절로 돌아가는
  화자의 심리 상태를 잘 나타낸다.
- '위로를 구걸'할 만큼 화자의 처지가 딱하다는 것을 짐작할 수 있다.
- '아무 의미가 없다'는 화자의 비관적 심리를 나타낸다.
- '흐린 하늘'은 화자의 절망적인 상황을 드러낸다.

　다양한 어휘로 상황이나 처지를 나타냈다. '철없던' '응석' '어깃

장'은 책임감 없고 고집스러운 어린아이의 특징을 드러낸다. 수지가 화자를 떠난 이유를 짐작할 수 있다. '흐린 하늘'은 화자의 절망적 상황, '뒤룩뒤룩 살찐 비둘기떼'는 화자의 상황과 관계없이 잘 사는 주변인 상황을 짐작케 한다. '구걸한다' '의미가 없다' '어지러이 날아다녔다'를 써 화자의 처지와 심리를 잘 표현했다.

작문과 첨삭의 예

작문의 예와 각 번호에 해당하는 첨삭 내용을 확인한다.

> ① 박 차장은 BMW를 몰고 회사로 돌아갔지만 나는 허름한 여관방에 며칠 더 남아 있었다. 이상하게 박차장과 함께 있으면 나는 그 옛날의 지질했던 시절로 돌아가버리고 만다. 정신을 놓고 아부를 ② 떨며 인정을 구걸한다. 나는 이제 '지질이'가 아닌데, 그런데 박차장은 그걸 모르고 있느니, 내가 이제 더 이상 지질이가 아니라는 사실은 아무 의미가 없다. 나는 허름한 여관을 나오면서 하늘을 쳐다보았다. 흐린 하늘에는 ③ 빼빼 마른 참새 한 마리가 덩그러니 날아다녔다.

① 'BMW'와 '허름한 여관방'라는 대조적인 표현을 써 박 차장과 '나'의 상반된 처지를 잘 표현했습니다.

② 원문에서는 '-고'를 써 주인공의 행동을 순차적으로 서술했지만 작문에서는 '-며'를 써 아부와 인정을 동시에 요구하는 주인공의 절실함을 잘 나타냈습니다.

③ '빼빼 마른 참새 한 마리'로 비참한 처지를 잘 표현했네요.

작문과 첨삭 실습

앞의 첨삭 내용을 참고해 작문을 고쳐 써본다.

문학 필사 예시문 (에세이)

봄의 무덤들은 평화롭다. 푸른 보리밭 속의 무덤들은 죽음이 갖는 단절과 차단의 슬픔을 넘어선 지 오래다. 그 무덤들을 들여다보고 있노라면, 죽음은 바람이 불고 날이 저물고 달이 뜨고 밀물이 들어오고 썰물이 빠져나가는 것처럼 편안한 순리로 느껴진다.

30년쯤 전에 아버지를 묻을 때, 내 어린 여동생들은 데굴데굴 구르며 울었다. 나는 내 동생들한테 울지 말라고 소리 지르면서 울었다. 지금은 한식 때 아버지 묘지에 성묘 가도 울지 않는다. 내 동생들도 이제는 안 운다. 죽음이, 날이 저물면 밤이 되는 것 같은 순리임을 아는 데도 세월이 필요한 모양이다.

김훈, 「땅에 묻히는 일에 대하여」, 『자전거여행 1』, 문학동네, 2014, 34쪽

글 분석 포인트

• 첫 문장은 주어와 술어로만 이루어져 간결하다.

• '푸른 보리밭'과 '무덤'은 대조를 이룬다.

• 비슷한 뜻을 지닌 '단절'과 '차단' 써 '죽음'에서 오는 슬픔을 강조했다.

• '편안한 순리'에서 '죽음'을 담담히 받아들이려는 저자의 태도가 드러난다.

• '데굴데굴'과 '소리 지르면서'를 써 '슬픔'을 격하게 받아들이는

오누이의 행동을 구체적으로 묘사했다.

- 마지막 '세월이 필요한 모양이다'라는 추측성 문장으로 죽음을 극복하는 데 시간이 필요하다는 사실을 부드럽게 전달한다.

김훈의 『자전거여행』은 일상을 특별하게 보는 세밀한 관찰력을 바탕으로 정곡을 찌르는 듯한 정확한 문체가 아름다운 작품이다. 예시문도 간명한 문장으로 시작해 독자의 시선을 사로잡는다. 주어와 술어로만 구성돼 있는 문장인데도 시각적 효과를 낸다. '봄의 무덤'이 어떻게 평화로운지 그다음 문장에 구체적으로 설명한다. '푸른 보리밭'과 '무덤'을 대비해 긴장감을 형성하면서도 '단절'과 '차단'이라는 단어로 죽음에서 오는 슬픔을 담담히 전달한다.

두 번째 문단에서는 죽음을 대하는 자세가 시간 흐름에 따라 어떻게 달라졌는지 극적으로 표현한다. 과거에는 '데굴데굴' '소리 지르면서' 죽음을 격하게 받아들였다면 현재는 '안 운다'고 말한다. '저물면' '밤' '순리' '세월'과 같은 단어로 하나의 이치로서 죽음을 받아들이는 태도를 드러냈으며, 저자의 직접적인 경험을 통해 죽음을 극복하는 데 시간이 필요했음을 담담히 표현하고 있다.

작문과 첨삭의 예

작문의 예와 각 번호에 해당하는 첨삭 내용을 확인한다.

①우정은 변한다. ②연둣빛 잔디 아래 겨우내 ②얼었던 땅은 ③차가운 계절이 주는 눈과 얼음의 냉대를 넘어선 지 오래다. 그 단단한 땅을 들여다보고 있노라면, ④겨울은 바람이 불고 날이 저물고 달이 뜨고 밀물이 들어오고 썰물이 빠져나가는 것처럼 당연한 순리로 느껴진다.
⑤10년 전쯤에 동창을 만났을 때, 그들은 반갑게 나를 맞았다. 나는 반가운 마음에 동창들과 같이 호들갑을 떨었다. ⑤지금은 동창 모임 때 그들을 만나도 별 감흥이 없다. 이제는 그들도 덜 반가운 눈초리다. 우정은, 날이 저물면 밤이 되는 것같이 순리대로 희미해져가는 감정이라는 것을 아는 데도 세월이 필요한 모양이다.

① 첫 번째 문장 '우정은 변한다'는 단순하지만 강렬합니다.

② '연둣빛 잔디'와 '겨우내 얼었던 땅'이 잘 대비되었네요.

③ '차가운 계절'로 우정의 변화가 긍정적이지 않음을 예측할 수 있습니다.

④ 원문을 그대로 가져다 썼네요. 자기만의 방식대로 문맥에 맞게 변화를 줘야 문장력 연습이 됩니다.

⑤ '10년 전쯤'과 '지금' 우정의 상태를 대비했네요. 감정 변화가 그대로 전해집니다.

작문과 첨삭 실습

앞의 첨삭 내용을 참고해 작문을 고쳐 써본다.

비문학 필사 예시문 (인문학)

> 우리는 경계에 있어야 합니다. 다른 사람의 말을 듣는 순간 내 안에 경계성을 회복하려는 야성이 살아 있어야 합니다. 그래서 누군가의 글을 읽을 때는 내가 어떻게 쓸 것인가를 생각하면서 읽어야 합니다. 경계에 선다는 것은 어느 한쪽에 수동적으로 갇히는 것이 아니라 항상 자기 자신으로 살아 있음을 의미합니다. 이런 사람을 우리는 보통 '살아 있다'고 합니다.
>
> 최진석, 「자신의 주인으로 산다는 것」, 『나는 누구인가』, 21세기북스, 190쪽

글 분석 포인트

- '~야 합니다'라는 단정적 표현을 사용해 주장을 강하게 밀어붙였다.
- '경계에 있어야 한다'라는 주장의 전제(이유)가 분명하다.
- '경계에 선다는 것'의 의미를 구체적으로 설명했다.
- '살아 있다'에 작은따옴표를 사용하여 항상 자기 자신으로 살아 있음의 의미를 강조했다.

첫 번째 문장 "우리는 경계에 있어야 합니다"라는 주제에 대한 충분한 이유가 바로 뒤 문장에서 전개된다. '경계'라는 다소 추상적인 소재로 시작했지만 의미 전달이 명확한 이유는 '경계'를 '살아 있다'로 귀결시키기 위해 예시나 풀이를 곁들여 서술했기 때문이

다. 그 이유를 피상적으로 내세웠다면 논리력이 떨어져 깊이 있는 글이 되지 못했을 것이다.

작문과 첨삭의 예

작문의 예와 각 번호에 해당하는 첨삭 내용을 확인한다.

> 우리는 ① 자존감을 지켜야 합니다. 다른 사람의 비난을 듣는 순간 내 안에 자존감을 회복하려는 의지가 살아 있어야 합니다. ② 그래서 누군가의 비난을 들을 때는 내가 어떻게 극복할 것인가를 생각하면서 안정을 취해야 합니다. 자존감을 지킨다는 것은 어떤 상황에 처하더라도 감정에 휩쓸리는 것이 아니라 항상 스스로 평정심을 유지하는 것을 의미합니다. 이런 사람을 우리는 보통 ③ '도인'이라 합니다.

① 현대인의 주요 관심사인 '자존감'을 소재로 하여 원문보다 구체적으로 다가옵니다.

② 접속사 '그래서'로 연결된 앞뒤 문장의 인과가 매끄럽습니다.

③ 원문과 달리 '도인'으로 표현했네요. '자존감을 지키며 사는 것'이 얼마나 어려운 일인지를 한 단어로 압축해 보여주어 인상 깊습니다.

작문과 첨삭 실습

앞의 첨삭 내용을 참고해 작문을 고쳐 써본다.

비문학 필사 예시문 (사회학)

> 탐욕은 악덕, 즉 나쁜 태도이며, 특히 타인의 고통을 망각하게 할
> 때는 더욱 그러하다. 이때는 개인의 악덕으로 끝나지 않고 시민의
> 미덕과 충돌한다. 사람들은 최대 이익을 실현하려 애쓰기보다는 서
> 로를 탐색한다. 어려운 시기에 이웃을 이용해 돈을 벌려는 사람들
> 이 활개치는 사회는 좋은 공동체가 못 된다. 따라서 지나친 탐욕은
> 좋은 사회라면 가능한 한 억제해야 하는 악덕이다.
>
> 마이클 샌델, 『정의란 무엇인가』, 김영사, 2010, 19쪽

글 분석 포인트

- '탐욕'에 대해 구체적으로 설명했다.
- 비교의 의미를 드러내는 조사 '-보다는'을 써 '서로를 탐색한다'
  를 강조했다.
- '어려운 시기에 이웃을 이용해 돈을 벌려는 사람들'을 비판했다.
- 마지막 문장 '지나친 탐욕'을 억제해야 한다는 저자의 주장이 명
  쾌하다.

첫 문장에서 "탐욕은 악덕"이란 정의를 내렸다. 그다음에 오는
문장은 앞선 주장을 보충하는 근거다. 예를 들어 "어려운 시기에 이
웃을 이용해 돈을 벌려는" 행위가 악덕이 될 수 있다. '개인의 악덕'

과 '시민의 미덕'은 대척점에 있다고도 한다. 예시와 대조를 사용해 논리를 매끄럽게 전개했다.

작문과 첨삭의 예

작문의 예와 각 번호에 해당하는 첨삭 내용을 확인한다.

> 공감은 ① 배려, 즉 선한 태도이며, 특히 타인의 감정을 예민하게 받아들일 때는 더욱 그러하다. 이때는 개인의 ② 미덕으로 끝나지 않고 타인의 이기심과 충돌한다. 사람들은 ③ 최대한 이기적으로 행동하기보다는 서로를 배려한다. 어려운 시기에 이웃을 도와 자기를 희생하려는 사람들이 넘치는 사회는 좋은 공동체가 될 수 있다. 따라서 따뜻한 공감은 좋은 사회라면 가능한 한 권장해야 하는 ④ 미덕이다.

① 원문의 소재 '탐욕'과 반대되는 '배려'를 소재로 쓴 점이 탁월합니다.

② '공감'이라는 말에는 아름다운 덕을 뜻하는 '미덕'보다 '감정'이라는 단어가 더 자연스럽겠네요. 또한 '감정' 앞에 '순수한'을 넣으면 구체적인 표현이 됩니다.

③ 원문의 '최대' 대신 쓴 부사 '최대한'은 문맥상 불필요합니다. 작문 시 불필요한 부분은 과감히 생략합니다.

④ ②와 같은 맥락에서, 마지막 문장에 쓰인 '미덕'을 '순수한 감정'으로 바꾸는 것이 전체 문맥상 매끄럽겠네요.

작문과 첨삭 실습

앞의 첨삭 내용을 참고해 작문을 고쳐 써본다.

비문학 필사 예시문 (신문 기사)

임시구호소를 찾는 이재민이 늘면서 구호소 환경은 점점 더 열악해지고 있다. 체육관에 220여개 텐트가 설치되면서 4~6개 단위로 붙어 있는 텐트군(群) 사이 간격은 1m 이하로 줄어들고 있는 상황. 이재민들은 최소한의 사생활 보호조차 안 되고 있다며, 불편함을 호소했다. 일부 이재민들은 비좁은 텐트가 답답해 매트를 깔고 체육관 바닥에 눕기도 했다. 이미 이재민 전체를 수용할 수 없는 상황까지 이르렀다.

김명진, 「"바닥에서 자글자글 소리가 났다" 포항 이재민 구호소를 또 찾아온 지진」, 《소선일보》, 2018. 2. 11

글 분석 포인트

- 구호소 환경이 열악해지고 있는 원인은 이재민 증가 때문이다. 인과 관계가 명확하다.
- '220여개 텐트' '4~6개 단위' '1m 이하' 등 수치를 사용해 열악해지는 상황을 구체적으로 설명했다.
- 보조사 '-조차'를 써 사생활 보호가 되고 있지 않음을 강조했다.
- 부사 '이미'를 써 예상보다 빠르게 이재민을 수용할 수 없는 지경에 이른 문제 상황을 강조했다.

임시구호소 환경이 열악해지고 있는 문제 상황을 첫 문장에 배치했다. '점점 더'는 열악해지는 상황이 심화되고 있음을 나타낸다. 단순히 열악한 구호소 환경을 전달하는 것을 넘어 이재민들의 고충을 전달하고 있다. 이것이 진심을 담은 글, 팩트다.

작문과 첨삭의 예

작문의 예와 각 번호에 해당하는 첨삭 내용을 확인한다.

> 보건소를 찾는 ① 독거노인들이 늘면서 보건소에 남아 있던 ① 백신들이 점점 줄어들고 있다. 보건복지부에 무료 예방 접종 관련 민원 220건이 접수되면서 ② 1~2주 단위로 붙어 있는 백신 공급 기간은 1주 이상 지연되고 있는 상황. 노인들은 오랫동안 버틸 수 있는 체력이 부족하다며, 불안을 호소했다. ③ 일부 독거노인은 기다릴 수 없는 답답함에 근처 병원으로가 자비(自費)를 들여 예방접종을 맞았다. 이미 노인들 전체를 수용할 수 없는 상황까지 이르렀다.

① 복수를 의미하는 단어에 접사 '-들'을 붙이지 않습니다. '독거노인이' '백신이'로 하면 더 자연스럽고 간명합니다.

② '백신 공급 기간'이 지연되고 있는 상황이 아니라 '백신 공급'이 지연되고 있는 상황이지요. 의미에 맞게 '1~2주로 간격으로 공급되는 백신 공급이'로 주어를 바꿔주세요.

③ 원문은 그대로 둔 채 일부 단어만 바꾸면 문장 의도가 모호해집니다. 전체 내용이 매끄러워지도록 어휘를 다양하게 바꿔보세요.

작문과 첨삭 실습

앞의 첨삭 내용을 참고해 작문을 고쳐 써본다.

비문학 필사 예시문 (칼럼)

낡은 집이 헐리면서 새 집을 구하지 못하는 '퇴거 표류'가 곳곳에서 벌어지고 있다. 일본 공영주택은 전체 주택 중 3.8%로 선진국 중에서는 낮은 수준이라 고령자들도 들어가기가 어렵다. 또한 인구 감소 추세라서 지방자치단체들도 공영주택을 계속 늘리기도 어렵다. 지난해 경제협력개발기구(OECD)는 '불평등한 고령화 방지' 보고서에서 한국의 66~75살 노인의 상대적 빈곤율은 42.7%, 76살 이상 노인의 빈곤율은 60.2%로 비교 대상 38개 회원국 중 압도적 1위라고 밝혔다. 주거 문제를 포함한 고령자 문제에 한국은 얼마나 대비하고 있을까.

조기원, 「고령사회의 그늘 '빈곤 노인'」, 《한겨레》 '특파원 칼럼', 2018. 2. 8

글 분석 포인트

- '낡은 집이 헐리는 것'으로 인해 새 집을 찾지 못한 사람이 늘고 있음을 서술했다.
- '66~75살' '3.8%' '42.7%' '60.2%' 등 수치를 써 글의 신뢰도를 높였다.
- 우리나라보다 고령화 문제에 먼저 직면한 일본의 경우를 예로 들어 심각한 노인 빈곤 문제를 현실감 있게 전한다.
- 빈곤율이 '압도적 1위'라는 사실로 한국이 고령자 문제를 전혀

준비하고 있지 않은 현실을 잘 드러냈다.

• '얼마나 대비하고 있을까'는 고용 문제, 주거 문제, 고령자 문제 등의 해결 방안이 필요하다는 저자의 주장을 내포한다.

일본의 '불평등한 고령화 여건'을 예시로 들어 주거 문제를 포함한 한국의 고령자 문제의 대처 방안을 촉구하는 내용이다. 예시와 통계 자료를 근거로 삼아 주장을 뒷받침했다. 네 번째 문장에서 '-라고 밝혔다'를 써 인용문임을 정확히 표현했다. 이는 글의 객관성을 확보한다. 논리적인 글은 그 근거가 타당한지를 반드시 살펴야 한다.

작문과 첨삭의 예

작문의 예와 각 번호에 해당하는 첨삭 내용을 확인한다.

① 하청회사가 줄줄이 도산하면서 새 직장을 구하지 못하는 '일자리 표류'가 곳곳에서 벌어지고 있다. ② 국내 하청기업은 전체 중소기업 중 50%로 OECD 국가 중에서는 낮은 수준이라 한번 나오면 들어가기가 어렵다. ③ 또한 최저 임금 상승으로 중소기업들도 하청기업에 계속 주문 넣기도 어렵다. ④ 지난해 경제협력개발기구(OECD)는 '불평등 노동 방지' 보고서에서 한국의 노동자 상대적 빈곤율은 42.7%, 고졸 미만 노동자 빈곤율은 60.2%로 비교 대상 38개 회원국 중 압도적 1위라고 밝혔다. 임금 문제를 포함한 고용 문제에 한국은 얼마나 대비하고 있을까.

① 원문과 달리 '도산하면서' 앞에 '줄줄이'를 써 도산이 연쇄적으로 일어나고 있음을 잘 강조했네요.

② 주어 '하청기업'과 술어 '어렵다'의 호응이 맞지 않네요. '한 번 도산하면 회복하기가 힘들다'로 바꾸어야 훨씬 문맥이 자연스러워집니다.

③ '최저 임금 상승'과 '계속 주문 넣기 어렵다'의 상관관계가 명확하지 않습니다. '계약금을 지불하기 어렵다'를 사용하면 어떨까요?

④ 원문의 소재 '퇴거 표류'를 '일자리 표류'로 전환했는데도 형식과 구조를 유사하게 잘 유지했습니다.

작문과 첨삭 실습

앞의 첨삭 내용을 참고해 작문을 고쳐 써본다.

필사, 작문 코칭 중급 단계에서는 자기 생각이나 느낌을 정확하게 전달하면서도 단조롭지 않게 전개하는 연습을 했다.

글 쓰는 목적은 다양하다. 대부분 자신의 생각이나 느낌을 정확하게 전달하는 데 목적을 둔다. 목적이 뚜렷한 글, 즉 글쓴이가 말하려는 요점이 뚜렷하고 정확할수록 '좋은 글'이다. 더불어 단조롭지 않게 전개된다면 '더욱 좋은 글'이다. 이를 위해 초급과 중급 단계의 필사, 작문을 훈련했다. 처음부터 정확하게 쓰기란 어렵다. 이는 글쓰기를 업으로 삼는 사람도 인정하는 사실이다. 오죽하면『노인과 바다』의 저자 어니스트 헤밍웨이가 "초고는 언제나 최악이다"라고 말했을까. 국내외 유수의 작가도 수십 번의 퇴고를 거쳐 작품을 완성한다. 그렇게 잘 쓰인 글에서 뽑아낸 명문을 필사, 작문하고, 첨삭을 함으로써 자신의 생각을 간결하고 정확하게 표현하는 지름길에 진입할 수 있다.

03
명문의 비밀을 알고 싶다면
고급 필사 작문 코칭

이제 마지막 단계 필사와 작문 그리고 첨삭으로 들어가보자. 초급에서 좋은 문장의 유형을 익혔다면 중급은 다양한 어휘와 표현, 기법을 배우는 과정이었다. 두 단계에서 예시된 글을 충실히 필사하고 작문하고, 코칭까지 해본다면 나쁜 습관을 잡을 수 있을 뿐 아니라 명문도 경험할 수 있다.

하지만 마지막 고급 단계까지 와야 좀 더 섬세한 '명문의 비밀'을 캐낼 수 있다. 내용 파악만 하며 읽거나 스치듯 넘어가버리면 도무지 알 수 없는 명문의 비밀. 그 은밀하고 놀라운 연결과 전환의 고리를 들여다보는 기회가 고급 필사 작문 단계라 할 수 있다.

물론 백미는 '첨삭(코칭)'이다. 결코 기분 나쁜 빨간 펜은 아니니 긴장할 필요 없다. 겉으로 잘 드러나지 않는 명문의 비밀을 짚어주고, 이를 어떻게 내 식대로 작문할 수 있는지 보여주는 가이드다.

고급 단계에 오면 필사 분량도 늘어나고, 작문 난이도 또한 올라간다. 첨삭 디테일도 초중급과는 달라진다. 생활 글에 쓰는 평이한 표현을 넘어 개성 있는 작가의 문체 또는 밀도 높은 문장을 필사하고 작문할 수도 있다. 초중급과는 다른 버거움이 있긴 하지만 여러 문체를 익히고, 명문의 디테일을 근접 관찰하는 결정적 기회가 되기도 한다. 이렇게 완성된 작문을 첨삭하려면 좀 더 섬세한 코칭이 필요하다. 그 첨삭 과정을 분야별로 살펴본다.

문학 필사 예시문 (국내 소설)

> 할머니의 바람대로 엄마는 이모와 관계없는 사람으로 평생을 살아왔다. 그런데도 가끔 엄마는 이모를 떠올렸다. 저녁을 준비하다 부엌 창으로 해가 지는 모습을 볼 때나 한 살도 되지 않는 듯한 작은 아기를 등에 업고 걸어가는 아기 엄마들을 볼 때 그랬다. 우연히 기독교회관이나 명동성당을 지날 때는 되도록 빨리 걸으려고 했고 살면서 몇 번은 이모에게 다시 연락을 해봐야겠다고 생각하기도 했지만 실행한 적은 없었다. 시간은 이모를 한때 엄마의 삶에 머물렀다 스쳐간 사람으로 기록했고 엄마는 그 사실을 받아들였다.
>
> 최은영, 「언니, 나의 작은, 순애 언니」, 『쇼코의 미소』, 문학동네, 2016, 120쪽

글 분석 포인트

- 첫 문장부터 엄마와 이모의 관계를 명료하게 보여준다. 여기선 '행동' '결과'만 노출한다.

- 두 번째 문장부터 엄마의 실제 마음(내면)을 묘사해 이해를 돕기 시작한다.

- 세 번째 문장에서 이모에 대한 엄마의 복잡한 감정을 드러내 읽는 이의 마음을 건드린다. 공감을 일으킨다.

- 네 번째, 다섯 번째 문장에선 이모와 엄마의 관계를 집약하는 정의를 보이며 간결하게 마무리한다.

• 군더더기나 접속사 없는 문장의 연속, 다양한 문장 길이로 리듬을 생성해 읽는 맛을 더한다.

2016 '소설가들이 뽑은 최고의 소설'로 꼽힌 최은영 소설집 『쇼코의 미소』 중 단편 「언니, 나의 작은, 순애 언니」다. 전통적인 한국 소설의 정서와 젊은 작가 특유의 신선한 세계관이 공존하는 작품으로, 여러 연령대가 함께 읽고 토론하기 좋은 작품이다.

작문과 첨삭의 예

작문의 예와 각 번호에 해당하는 첨삭 내용을 확인한다.

① 아빠의 소원대로 의사가 되고픈 언니의 바람은 ② 다가가려 할수록 관계없는 길로 멀어지고 있었다. 그런데도 가끔 언니는 그 꿈을 떠올렸다. ③ 근무하던 곳에서 해고 통고를 받을 때나 하고 있던 옷 장사가 망해서 문을 닫게 된 때가 그랬다. ④ 언니는 병원에서 진료를 받을 땐 되도록 의사를 보지 않으려 했고, 텔레비전에서 의학 드라마가 나오면 재빨리 채널을 돌려버렸다. 아빠는 나가서 살고 있는 언니에게 다시 연락해봐야겠다고 생각하기도 했지만 실행하진 못했다. ⑤ 시간은 아빠를 한때 언니의 삶에 머물다 스쳐 간 사람으로 기록했고 아빠는 덤덤히 그 사실을 받아들였다.

① 아빠 소원 때문에 되고 싶었던 언니의 꿈이었는지, 아니면 의사가 되고 싶었던 꿈에서 언니가 멀어진 게 아빠의 소원이었는지가 분명하지 않습니다.

② 이 부분을 좀 더 긴장감 있게 표현하면, 즉 간결하게 쓰면 아빠와 언니의 관계가 얼마나 멀어졌는가가 명료하게 드러날 듯합니다.

③ 바로 앞 문장에서 '그 꿈'이 무엇인지 덜 풀어내 이 부분에 덜 공감하게 됩니다.

④ 전 문장이 잘 풀렸다면 이 부분에서 부녀 갈등이 잘 드러나 독자가 공감했을 듯합니다.

⑤ '삶에 머물다 스쳐 간 사람으로 기록했고' '그 사실을 받아들였다'와 같이 원문 표현을 그대로 쓴 부분이 다소 아쉽습니다. 좀 더 자신의 표현으로 전체 글의 문맥을 살려 개성 있게 씨봤다면 어휘력, 표현력 연습에 도움이 되었겠네요. 꼭 이렇게 쓸 필요는 없지만, 예를 들어드리겠습니다. "시간은 아빠를 잠시 언니의 그림자 뒤에 숨다 간 존재로 기억했고 아빠는 그 순간조차 기뻐했다."

작문과 첨삭 실습

앞의 첨삭 내용을 참고해 작문을 고쳐 써본다.

문학 필사 예시문 (외국 소설)

> 슈호프는 고개를 들어 문득, 하늘을 쳐다보았다. 그러고는 탄성을 올린다. 구름 한 점 없는 하늘 위로 태양이 벌써 중천에 와 있다. 일을 하고 있노라면 시간이 어이없이 빨리 지나가고는 한다. 수용소에서의 하루하루가 빨리 지나간다는 생각이 든 것이 한두 번이 아닌 슈호프지만, 형기는 왜 그리 더디게 지나가는지 이해할 수가 없다. 전혀 줄어들 기미가 없다.
>
> 알렉산드르 솔제니친, 『이반 데니소비치, 수용소의 하루』, 이영의 옮김, 민음사, 1998, 79쪽

글 분석 포인트

- 담담한 문장으로 수용소 생활의 참담함을 간결하게 묘사한다.
- 문장의 흐름과 문맥이 물 흐르듯 유연하게 이어진다.
- 전반부는 사실을 묘사하고, 후반은 내면의 생각을 풀어 균형을 만들어낸다. 한 인물을 이해하기 위한 내외면 탐구와 묘사는 필수적이다. 한쪽으로 치우치지 않게 풀어냈다.
- 마지막 "형기는 왜 그리 더디게 지나가는지 이해할 수가 없다. 전혀 줄어들 기미가 없다"에서는 인물의 심정에 공감하게 된다.
- 하루 24시간의 흐름을 담담하게 표현해, 한 인물의 하루를 넘어 독자 각자의 하루를 떠오르게 한다.

수용소 문학의 대표작으로 꼽히는 솔제니친의 소설이다. 노벨 문학상 수상 작가 솔제니친이 직접 경험한 수용소 생활의 참담함이 고스란히 드러난 작품이다. '이반 데니소비치'라는 인물이 보내는 수용소에서의 하루를 그려내 폭력과 억압을 명징하게 증언한다.

작문과 첨삭의 예

작문의 예와 각 번호에 해당하는 첨삭 내용을 확인한다.

> 인혜는 고개를 떨구어 문득, 방바닥을 내려다보았다. 그러고는 한숨을 내쉬었다. 먼지 한 줌 없는 방바닥 위로 머리카락이 여기저기 떨어져 ① 있었다. 잠을 자고 ② 일어나노라면 머리카락이 어김없이 한 움큼씩 ③ 빠지고는 한다. 퇴원 후 하루가 다르게 머리숱이 적어진다는 ④ 생각이 든 것이 한두 번이 아닌 인혜지만, 탈모는 왜 그리 빠르게 진행이 되는지 받아들일 수가 없다. 전혀 나아질 기미가 없다.

① '있다'로 수정해 현재, 지금 느낌으로 생생하게 구성해봅니다.

② '일어나면'으로 간결하게 표현하고, '어김없이'는 뺍니다.

③ '빠져 있다'로 수정합니다. 우리는 머리카락이 빠지는 과정이 아닌 결과만 봅니다. '한 움큼씩 빠져 있다'라고 써야 바로 전 문장 방바닥 위로 떨어져 있다는 표현과 잘 연결됩니다.

④ 원문 그대로이니 '느낌이 든 것이 처음도 아닌' 정도로 응용해봅니다.

작문과 첨삭 실습

앞의 첨삭 내용을 참고해 작문을 고쳐 써본다.

비문학 필사 예시문 (사회학)

> 공감은 삶을 견뎌나가는 가장 큰 희망이다. 사회가 개인의 삶을 보호해주지 못하고 더 이상 사람들이 사회로부터 아무것도 기대하지 못하게 되었을 때 허무함을 이겨낼 수 있는 유일한 힘은 '너도 나도 같이 상처받았다'라는 공감이다. 내 삶이 누군가에게 공감될 때, 그래서 내가 그에게 같은 시대를 살아가는 사람이라고 인정받을 때 삶은 살아갈 만한 것이 된다. 이 상처가 나만의 상처가 아니라 우리 모두의 상처임을 깨달았을 때 시대에 대한 인식이 되고 더불어 사회를 바꿀 수 있는 용기가 될 수 있다. 그래야 내가 응원 받는 느낌을 가질 수 있다.
>
> 엄기호, 『우리가 잘못 산 게 아니었어』, 웅진지식하우스, 2011, 125쪽

글 분석 포인트

- '공감' '인정' '상처' '용기' '응원'과 같은 명료한 키워드가 다양하게 등장한다. 중복 느낌 없이 여러 키워드를 읽을 수 있다.
- 문학 못지않게 다양한 문장 길이로 읽는 맛, 리듬을 만들어낸다.
- 속마음을 작은따옴표로 묶어 표현하여 공감을 형성한다.
- 개인에서 사회로 확대되는 과정이 설득력 있게 전개된다.

'사회학 책은 재미없고 어려울 것 같아요' 고민하는 독자 모두에

게 추천하는 엄기호의 초기작이다. 밀도 높은 문장과 유연하게 흐르는 문맥은 글쓰기 초보자에게 필요한 영양제다.

작문과 첨삭의 예

작문의 예와 각 번호에 해당하는 첨삭 내용을 확인한다.

> 사랑은 ①삶을 견뎌나가는 가장 큰 희망이다. ②실패로 개인의 꿈을 이루지 못하고 더 이상 앞으로 나아가지 못하게 되고 기대에 부응하지 못하게 되었을 때 ③무너지지 않을 수 있는 유일한 힘은 '너를 사랑해. 너를 믿는다'라고 말하는 사람이다. ④내 삶이 누군가에게 사랑이 될 때 그래서 내가 그에게 힘을 주는 사람이라고 ⑤인정받을 때 삶은 살아갈 만한 것이 된다. 이 사랑이 나만 받는 것이 아니라 나도 그에게 힘이 될 수 있는 사랑이라는 것을 깨달았을 때 내 주변을 인식하게 되고 사회를 사랑할 수 있는 용기를 낼 수 있다. 그래야 내가 꿈으로 향할 용기를 가질 수 있다.

① 거의 원문 그대로네요. 자기만의 표현으로 재구성해보세요.

② '~되고 ~되었을 때' 반복은 피해서 써보면 좋겠습니다.

③ '~힘은 ~사람이다'로 쓰셨는데요. 원문은 '~힘은 ~공감이다'입니다. '사람'이 아닌 다른 표현으로 해야 첫 문장과 부드럽게 연결됩니다.

④ '삶이 사랑이 된다'는 주술 호응이 부자연스럽습니다.

⑤ 원문을 그대로 썼는데요, 자신만의 표현으로 써보세요. 가령 '~사람이라고 신뢰받을 때 삶은 달라질 만한 것이 된다'는 어떨까요?

작문과 첨삭 실습

앞의 첨삭 내용을 참고해 작문을 고쳐 써본다.

미디어 필사 예시문 (칼럼)

초등학교 때는 나중에 빵 공장에 다니고 싶었다. 빵을 마음껏 먹을 수 있다고 생각했으니까. 학교 앞에서는 빵을 팔았다. 제일 좋아하는 건 찐빵집 빵이었다. 일제강점기에 화교를 통해서 전파되었을, 팥이 들어간 그 찐빵은 구수하고 비릿한 효모 냄새로 이미 반쯤 넋을 빼앗는 존재였다. 구멍가게에서는 보름달이니 삼립크림빵이니 하는 공장 빵을 팔았다. 노을이라는 이름의 기다란 빵은 양이 많아서 인기였다. 제과점에서 탁자를 차지하고 식빵을 시켜도 되던 때였다. 설탕을 달라고 해서 떡이 떡었다. 음료수 한 잔 없이도 그 빵이 꿀떡 넘어갔다. 빵은 호화로운 간식이었다. 그 빵 값을 아끼려고 집집마다 어머니들이 '제빵기'를 월부로 사들였다. 반죽 레시피대로 만들면, 질척하고 달콤한 이상한 '케이크'가 탄생했다. 그걸 얻어먹으러 친구네 가기도 했다. 우리 엄마에게 그런 기계를 사달라고 하는 건 턱도 없는 일이었으니까. 그 가정용 제빵기계도 알고 보니 일본에서 들여온 기술이었다. 정식 라이선스였는지는 모르겠지만, 똑같은 기계가 지금도 일본에서 팔리는 걸 보고 깜짝 놀란 적이 있다.

박찬일, 「기술자가 사라진 빵집」,
《경향신문》 '박찬일 셰프의 맛있는 과학', 2017. 2. 23

글 분석 포인트

- 문장의 다양한 길이가 리듬을 만들어내고 있다. 가독성이 높다. 길고 짧음의 다양한 리듬이 독자를 긴장하게도 하고, 여유를 주기도 한다.
- 문장의 난도가 매우 낮아 쉽게 읽힌다. 어렵게 꼬거나 장황하게 늘어놓은 곳이 없다.
- 접속사를 함부로 쓰거나 불필요한 꾸밈을 하지 않는다.
- 구체적이다. 모호하게 돌려 말하는 법이 없다.
- 소재와 예가 친근하다.

'글 잘 쓰는 셰프'로 알려진 박찬일 칼럼이다. 일상의 소재인 먹거리, 요리 재료, 맛집을 친근하게 풀어내는 가독성 좋은 글이다. 대중적 소재를 다루는 블로그 글, 에세이, 여행기를 쓰려는 사람이라면 참고할 만한 필자다.

작문과 첨삭의 예

작문의 예와 각 번호에 해당하는 첨삭 내용을 확인한다.

초등학교 때는 ① 나중에 작곡가가 되고 싶었다. 언니, 오빠가 좋아하는 노래를 만들어주고 싶었다. ② 큰언니는 머리맡에 카세트를 두고 잤다. 이어폰도 없었다. 옆에서 자는 내가 깨지 않게 볼륨을 가장 작게 맞췄다. ③ 카세트에서 나온 음악은 팝송과 가요가 섞였다. ④ 팝송은 하나도 못 알아들었지만 언니가 흥얼거리는 부분은 흉내 낼 수 있었다. 카펜터스의 ⑤ 〈Yesterday once more〉에서 "Every sha-la-la-la Every wo-o-wo-o still shines……" 부분은 평소에도 언니가 자주 불렀다. 가요 중에는 사월과오월의 〈장미〉를 항상 틀었다. "당신에게선 꽃내음이 나네요. 잠자는 나를 깨우고 가네요." 매일 밤 나를 깨우던 노래였다.

언니가 결혼을 하고 집을 떠나자 오빠는 기타를 쳤다. 전자기타가 유행하던 시절이었다. 코딱지만 한 방에 오빠 친구들 다섯 명이 매일 기타를 쳐댔다. 문을 닫아도 소리는 어마어마했다. 연주인지 소음인지 분간할 수 없었다. 뒷집 옆집 아줌마가 시끄럽다고 지르는 소리가 합쳐져 온 동네가 들썩거렸다. ⑥ 밤에는 통기타 소리도 흘렀다. 아르페지오로 연주되는 잔잔한 로망스에서 오빠의 외로움이 묻어 나오는 날도 가끔 있었다. ⑦ 지금도 오빠네 집에 가면 한쪽에 기타가 서 있다.

① '나중에'를 삭제합니다.

② 이 세 문장은 응집력이 약합니다. 원문은 찐빵집을 강조하기 위해 세 문장이 서로 얽혀 이어지는데 여기 쓴 문장은 흩어지는 경향이 있습니다. 이를 살리려면 언니가 아니라 '나'를 주체로 쓰며 원문의 '찐빵집'과 같은 키워드를 넣어 세 문장을 얽고, 풀어 줘야 합니다.

③ 주술 호응이 맞지 않지 않습니다. 가령, "카세트로 팝송과 가요를 들었다"로 수정해보세요.

④ 문장 맨 앞에 '나는'이라는 주어를 넣어줍니다.

⑤ 원문에는 없는 홑화살괄호(〈 〉)와 큰따옴표 같은 문장부호가 들어갔습니다. 전체적인 뉘앙스와 톤이 많이 달라져서, 원문으로부터 온 작문인지 아닌지 생각하게 만듭니다. 또 이러한 요소들로 인해 전체 분량이 늘어나기도 했지요. 원문에 없는 요소를 넣어 쓸 수도 있지만, 형식과 구조를 유지해 써보는 것이 작문 연습의 핵심입니다.

⑥ 낮에는 전자기타를 치다가 밤에는 통기타를 쳤다는 상황을 분명히 합니다. 예를 들어, "오빠는 밤이면 통기타를 쳤다"로 하면 되겠지요.

⑦ 여운을 담은 문장으로 수정합니다. 가령, "지금도 오빠네 집 한쪽 구석엔 그 시절 기타가 놓여 있다" 정도는 어떨까요?

※ 기타 : 두 번째 문단에 원문에 있는 '제빵' '케이크'와 같은 키워드가 없습니다. 원문은 화두를 제시하고 풀어가는데 작문은 일화를 나열한 듯 보이네요. 차이는 키워드 유무에 있습니다. 다시 원문을 확인해보세요.

작문과 첨삭 실습

앞의 첨삭 내용을 참고해 작문을 고쳐 써본다.

미디어 필사 예시문 (칼럼)

신경과학자들 중에는 쇼핑할 때 남녀의 차이를 연구하는 사람들이 있다. 그들에 따르면, 백화점에서 청바지를 사려는 고객의 행동패턴은 남녀가 확연히 다르다. 여성들은 대개 백화점에 있는 청바지 매장을 다 돌아보고, 한 매장 안에서도 모든 종류의 청바지들을 다 훑어본다. 맘에 드는 옷은 반드시 입어보지만, 그렇다고 곧바로 사지는 않는다. 그것도 부족해 백화점 근처에 있는 청바지 숍이나 근처 다른 백화점을 둘러보는 수고도 마다하지 않는다.

그러면 남자는 어떤가? 백화점 남성 코너로 곧바로 올라간 후, 평소 자주 가는 브랜드 매장에 가서 "32-36 주세요"라고 말한 후 대개 입어보지도 않고 산다. 세일이라면 좋겠지만, 굳이 백화점 세일을 챙겨가며 쇼핑을 하는 남성은 드물다. 평소 몸이 좀 불었다고 느껴지면 피팅룸에서 입어보는 정도가 남성이 옷을 구입하기 위해 들이는 최고의 노력이다.

정재승, 「백화점에서 남자와 여자는 왜 다른 게 궁금할까」,
《한겨레》 '정재승의 영혼공작소', 2017. 3. 15

글 분석 포인트

- 거리 두기, 객관적 분석과 표현을 신경 쓴 칼럼이다. '~드물다' 같은 서술로 섣불리 단언하지 않고 하나씩 풀어가는 조심스러운 태도가 신뢰감을 준다.

- 근거로 든 예시가 쉽고 흥미로운 데다 구체적이어서 관심을 갖게 한다.
- 구체적인 통계 자료(숫자)를 제시한 글은 아니지만 설득력 있게 스토리를 풀어간다. 큰따옴표 묶인 대화를 배치해 생생한 느낌도 준다.
- 마지막 문장은 위트까지 느껴져 읽는 재미를 더하고, 공감을 불러일으킨다.
- 말하고자 하는 사실을 대비되는 예시로 구분해 풀었다. 예시문의 이러한 대비 구조는 여러 방식으로 재작분할 수 있는 어시를 준다.

방송으로도 잘 알려진 과학자 정재승의 칼럼이다. 무심코 지나치는 일상의 과학을 포착해, 알기 쉽게 풀어 쓴 글이라 볼 수 있다. 자신의 전문 영역을 대중과 소통하기 위해 어떤 글쓰기로 풀어가는지 관찰해보자.

작문과 첨삭의 예

작문의 예와 각 번호에 해당하는 첨삭 내용을 확인한다.

> 동물학자들 중에는 고양이와 개의 행동 차이를 연구하는 사람들이 있다. 그들에 따르면, 집에서 ① 행동하는 개와 고양이의 행동 패턴은 확연히 다르다. ② 개는 기분이 좋을 때 꼬리를 흔들며 주인이 오면 마중 나가는 등 애교를 많이 부린다. 무서우면 꼬리를 내리고 주인의 무릎을 찾는다. ③ 목욕은 일주일에 한 번 정도 시켜줘야 하지만 주인 말에 순종해서 힘들지 않다. 배변 훈련도 시켜야 한다. 장난을 좋아해 주인의 손에 끝없이 장난감을 물어다 준다.
> 그러면 고양이는 어떤가? 가구의 꼭대기에 올라가 있거나 택배 상자 속으로 들어가 ④ 주인을 집사로 만든다. 한번 안아보려면 손톱에 할퀼 각오를 해야 한다. '그루밍'을 자주 해서 목욕을 자주 시킬 필요가 없다. ⑤ 1년에 한두 번 시키지만 전쟁 같은 목욕이 된다. 독립적인 생활을 좋아하지만 일정 거리를 유지한다.

① '행동하는' '행동 패턴'처럼 표현이 반복됩니다. 중복되지 않도록 수정합니다. 예를 들어, "집에 사는 개와 고양이의 행동 패턴은 확연히 다르다" 정도면 어떨까요?

② 원문처럼 '~그렇지만 ~않는다' 구조로 재구성해보세요. 원문 효과도 경험하면서 다음 문장으로 수월하게 연결할 수 있습니다.

③ 세 문장을 원문의 '그것도 ~않는다'처럼 한 문장으로 정리해야 합니다.

④ 재밌는 표현이 가독성을 높입니다. 원문처럼 대화체를 배치해도 좋겠네요. 가령, "야옹" 같은 고양이 울음소리는 어떨까요?

⑤ 원문처럼 한 문장으로 이어 정리해보면 좋겠습니다.

작문과 첨삭 실습

앞의 첨삭 내용을 참고해 작문을 고쳐 써본다.

4장 「단계별 필사 작문 코칭」은 첨삭까지 관심 있는 독자와 소통하기 위해 집필한 장이다. 작문을 하긴 했는데 잘했는지 알고 싶을 때, 다른 글 첨삭을 보며 디테일을 배우고 싶을 때 정독하면 좋은 부분이다.

단, 주의할 점이 있다. 이 책이 제시하는 첨삭을 정답으로 생각할 필요는 없다. 첨삭 기준은 저마다 다를 수 있다. 좋은 글, 잘 읽히는 글 기준선 또한 다르다. 따라서 미세한 또는 큰 차이까지 고려하고 읽는 게 좋다. "이렇게 써야 하는구나"보다 "이렇게 볼 수도 있구나"의 시선을 권한다.

'나는 작문한 글이 좋은데 왜 고치라고 하지?' 혹은 '이렇게 고치면 더 이상해지지 않을까?'란 생각이 들 수도 있다. 그럴 땐 아래 세 방법으로 연습해보면 좋다.

① 필사문, 작문, 첨삭본을 순차적으로 읽으며 비교한다.
② 필사문, 작문을 읽은 뒤 첨삭본대로 고쳐본다.
③ 다시 필사문, 작문, 첨삭본을 차례로 읽으며 비교한다.

필사와 작문으로도 부족해 군이 첨삭 과정까지 거쳐야 할까? 그래야 한다. 명문의 비밀을 캐내 체화하기 위해서다.

그대로 옮겨 적기, 필사가 패키지 관광이라면 작문은 자유 걷기 여행이다. 고생스럽지만 잊지 못할 체화의 시간이다.

마지막 첨삭은 다시 원문으로 돌아가는 귀갓길이다. 작문을 하다 멀어졌던 원문으로 돌아가기 위해 '첨삭(코칭)'이란 보조 장치가 필요한 셈이다. 걷기 여행을 마친 후 집으로 돌아오면 우리의 문장력은 한 뼘 성장해 있지 않을까.

필사 추천 도서

· 문학

도서명	저자	출판사	주요 내용
모밀꽃 필 무렵 (『한국단편문학선1』 수록)	이효석	민음사	여러 수사법을 볼 수 있는 작품으로 동어 반복이나 군더더기를 찾아볼 수 없다.
난장이가 쏘아올린 작은 공	조세희	이성과힘	단문의 절정을 보여주는 작품으로 접속사나 부연 설명 없이 짧은 문장만으로 탁월하게 시대 묘사를 하고 있다.
칼의 노래	김 훈	문학동네	쉽고 명쾌한 문장을 구사하며, 거북선 묘사의 경우 제품 설명서에 가까운 표현력을 보여준다.
남한산성	김 훈	학고재	시대를 관통하는 묵직한 메시지를 담고 있는 작품으로 군더더기 없는 분제와 명묘한 문장이 특징이다. 간결함과 속도감을 느낄 수 있다.
무진기행	김승옥	민음사	사건의 이미지와 보이지 않는 대상(안개)을 공감각적으로 풀어낸 점이 매우 독창적이다. 작가의 섬세하고 자유로운 감정이 잘 드러난다.
돼지꿈	황석영	민음사	주로 간결한 문장을 사용하여 사건을 전개하고 있다. 대화나 행동 묘사를 통해 극적인 효과를 거두고, 간단한 대화를 위주로 하여 내용을 압축하고 표현한다.
날개	이상	문학과 지성사	전위적이고 해체적인 글쓰기가 특징이다. 자유 연상, 자동기술, 내적 독백 등 실험적 구성과 문체를 사용하였다.
동백꽃	김유정	문학과 지성사	다양한 인간 군상과 삶의 모습을 토속적, 해학적, 생생한 삶의 언어로 묘사하였다.
감옥으로부터의 사색	신영복	돌베개	자기 성찰적 글쓰기가 필요한 사람이라면 꼭 읽어야 할 필독서. 나와 너, 우리가 함께 사는 세상에 대해 생각해보게 하는 작품이다.
인연	피천득	샘터사	에세이 글쓰기의 걸작으로, 오래된 작품이지만 언제 읽어도 매끄럽게 읽히며 시처럼 흐른다.
자전거여행 1, 2	김 훈	문학동네	일상을 특별하게 보는 세밀한 관찰력을 바탕으로 정곡을 찌르는 듯한 정확한 문체가 아름답다.

한국의 고집쟁이들	박종인	나무생각	사람을 표현하는 글쓰기. 인터뷰 글쓰기의 전형을 보여주는 책이다. 인간미가 넘치면서도 군더더기 없는 매끈한 글쓰기가 장점이다.
초판본 하늘과 바람과 별과 詩	윤동주	소와다리	천상의 상징이나 보편적 상징을 잘 이용하였다. 서정적이고 친근한 문체가 부드럽게 다가온다.
뭐라도 되겠지	김중혁	마음산책	작가의 기발함과 능청스러움이 강점인 에세이다. 일상의 소소함부터 예술과 사회에 대한 시각까지 저자의 유머와 따뜻한 감성을 느낄 수 있다.
마담 보바리	귀스타브 플로베르	민음사	플로베르가 4년여 동안 고투해 탄생시킨 작품이다. 국내 최고의 불문학 번역가 김화영이 완벽을 기해 번역본을 완성했다.
노인과 바다	어니스트 헤밍웨이	민음사	단조로운 플롯에 수많은 은유가 담긴 헤밍웨이의 대표작이다. 명쾌, 간결, 투명한 문체가 특징인 이 소설이 좋은 평을 받아 1854년 노벨 문학상 수상까지 이어졌다.
이방인	알베르 카뮈	민음사	이방인으로 살아가는 현대인이 죽음을 앞두고 마주하는 실존 체험을 강렬하게 그려냈다. 김화영 번역으로 원문에 가까운 카뮈 문체를 만날 수 있다.
대성당	레이먼드 카버	문학동네	헤밍웨이 이후 가장 영향력 있는 소설가 카버의 단편집이다. 단순 적확한 문체, 언어의 미니멀리즘을 추구하는 카버의 문장을 만날 수 있다.

· 비문학

도서명	저자	출판사	주요 내용
흙 속에 저 바람 속에	이어령	문학사상사	한국인의 정체성을 돌아보게 하는 작품으로 어려운 개념을 아주 쉽게 풀어낸 명저다.
공부의 달인, 호모 쿵푸스	고미숙	북드라망	허를 찌르는 명쾌한 표현, 말하듯이 쓰는 구어체 덕분에 빠르게 읽힌다. 문어체와 구어체의 조합으로 어려운 개념을 발랄하게 표현하고 있다.
나의 문화유산 답사기 1	유홍준	창비	미학적 문체가 탁월하다. 감각적이고 사실적인 묘사는 대상들을 입체적으로 보이게 한다.

국가란 무엇인가	유시민	돌베개	정의롭고 바람직한 국가에 대한 저자의 정의가 명쾌하다. 그의 문체는 예리하고 힘이 넘치며 신선하다.
미쳐야 미친다	정민	푸른역사	옛글에 담긴 선인들의 지혜와 아름다운 문체를 이야기하듯 유려하게 풀어낸다. 자칫 어려울 수 있는 고전을 친근한 어투로 서술한다.
공부 공부	엄기호	따비	자기를 돌보기 위한 공부로의 전환을 설득적 문체로 풀어낸다. 말로 풀어낸 듯 매끄럽고 자연스럽다.
나를 지키며 일하는 법	강상중	사계절	재일한국인 2세 최초로 도쿄 대학교 정교수가 된 입지전적 인물로서 자신이 겪은 정체성의 위기, 실패와 좌절을 성찰한다.
생각의 시대	김용규	살림출판사	'생각'을 공부해야 하는 시대, 다섯 가지 생각의 도구들(은유, 원리, 문장, 수, 수사)을 철학자의 시선으로 상세히 서술한다.
랩 걸	호프 자런	알마	'나무, 과학 그리고 사랑'이란 부제에 걸맞게 여성 과학자인 자신의 삶을 자연의 생명성에 잘 녹여냈다. 부드럽지만 논리적이고 명쾌하며 단호한 문체가 특징이다.
모멸감	김찬호	문학과지성사	한국 사회 기저에 깔린 정서의 역사를 세심히 들여다본 책이다. 단언을 피하고, 여러 근거로 주장을 정리해가는 과정을 읽을 수 있다.
위대한 서문	니체 외 27인	열림원	작가 장정일이 문학, 철학, 역사, 예술, 과학 등 다양한 분야의 명저에서 엄선한 서문 모음집으로, 명문을 다각도로 경험할 수 있다.
정희진처럼 읽기	정희진	교양인	저자 특유의 날카로운 통찰과 전복적인 사유가 담긴 책이다. 정희진의 독서관, 세계관이 짜임새 있게 정리되어 있다.
인간이 그리는 무늬	최진석	소나무	인문학이란 무엇인가라는 물음에 동양사상 관점으로 명쾌하게 답변한 작품이다. 단문과 쉬운 예, 친절한 어투로 어려운 개념을 수월하게 전달한다.
장정일의 공부	장정일	알에이치코리아	2006년 초판 출간 당시, 인문학 위기론을 무색하게 할 만큼 많은 이를 공부의 길로 이끈 책이다. 단단한 문체, 폭넓은 사유와 지식을 만날 수 있다.

김민영

학습 공동체 숭례문학당에서 강의와 저술을 한다. 한 달에 열 개 이상의 학습 모임에 참여하며, 책, 영화, 글로 논다. 교육청, 대학, 한겨레글터에서 글쓰기 강의를 한다. 지은 책으로는 『첫 문장의 두려움을 없애라』가 있으며, 공저 『서평 글쓰기 특강』 『이젠, 함께 읽기다』 『생각 정리 공부법』 등도 있다.
blog.naver.com/hwayli

이진희

숭례문학당 강사. 학당에서 '고전문학 북클럽' '카뮈처럼 쓰기' '30일 포토 에세이' 등의 프로그램을 맡고 있다. 학교와 도서관에서 독서 토론, 독서 리더 과정, 글쓰기 입문, 서평 쓰기 강사로 활동한다. 3년째 '3일 1서평'을 쓰고 있다. 공저로는 『당신은 가고 나는 여기』 『글쓰기로 나를 찾다』가 있다.

김제희

숭례문학당 강사. 학당에서 청소년 모임 '책통자 아이들' 교사로 활동하고 있으며 '100일 글쓰기' 코치, '어린이 글쓰기' 등의 프로그램을 진행한다. 학교와 도서관 등에서 글쓰기 입문과 필사 강의, 독서 토론 강사로 활동한다. 매일 글쓰기를 통해 존재의 이유를 찾고자 2015년 1월 26일부터 2017년 10월 20일까지 1,000일 글쓰기를 마쳤다.

권정희

숭례문학당 강사. 자기주도학습사, NIE 강사, 논술 강사, 독서지도사로 활동했다. 현재는 중고등학교와 도서관에서 청소년 독서 토론을 진행하고, 독서 토론 지도자를 위한 강의와 서평 글쓰기 코칭을 하고 있다. 읽기와 글쓰기로 자기 자신을 찾은 만큼 꿈을 발견하지 못하는 이들의 멘토가 되길 자청하고 있다. 공저로 『글쓰기로 나를 찾다』가 있다.

원고별 저자

1장 나쁜 습관과의 결별 · 김민영 | 필사는 관찰력이다 · 김민영 | 필사는 정독 중의 정독이
다 · 이진희 | 필사는 몰입이다 · 이진희 | 필사, 다섯 줄이면 충분하다 · 김제희

2장 첫 문장이 안 써져요 · 김민영 | 문장이 장황해요 · 이진희 | 동어 반복이 심해요 · 이진희 |
어휘력이 부족해요 · 이진희 | 논리가 부족해요 · 김민영 | 정확하게 쓰고 싶어요 · 김민영 | 자
연스럽게 쓰고 싶어요 · 김민영 | 명쾌하게 쓰고 싶어요 · 이진희

3장 어휘력을 늘려보자 : 문학 필사 · 김제희 | 논리력을 쌓아보자 : 비문학 필사 · 김제희 | 명
쾌하게 써보자 : 미디어 필사 · 김제희

4장 여전히 글쓰기가 두렵다면 : 초급 필사 작문 코칭 · 권정희 | 문장에 디테일을 넣고 싶다
면 : 중급 필사 작문 코칭 · 권정희 | 명문의 비밀을 알고 싶다면 : 고급 필사 작문 코칭 · 김민영

필사 문장력 특강

단계별로 나아가는 문장력 훈련

2018년 4월 16일 1판 1쇄 발행
2023년 11월 25일 1판 4쇄 발행

지은이　　김민영 이진희 김제희 권정희
펴낸이　　한기호
편집　　　도은숙 유태선 정안나
경영지원　국순근
펴낸곳　　북바이북
　　　　　　출판등록 2009년 5월 12일 제313-2009-100호
　　　　　　주소 121-839 서울시 마포구 서교동 484-1 삼성빌딩 A동 2층
　　　　　　전화 02-336-5675 팩스 02-337-5347
　　　　　　이메일　kpm@kpm21.co.kr
　　　　　　홈페이지 www.kpm21.co.kr

ISBN 979-11-85400-78-5　　03800